KB142525

송아당의 사계

송아당의 사계

지은이 _ 박춘자

초판 발행 _ 2014년 1월 20일

펴낸곳 _ 학이사
펴낸이 _ 신중현

등록번호 _ 제25100-2013-000025호
등록일자 _ 2013. 9. 2.

대구광역시 달서구 문화회관11안길 22-1(장동) 출판산업단지 9B 7L
전화 _ (053) 554-3431, 3432   팩시밀리 _ (053) 554-3433
홈페이지 _ http://www.학이사.kr
이메일 _ hes3431@naver.com

ISBN _ 978-89-93280-59-3 03810

박춘자 수필집

송아당의 사계

學而思 학이사

카시아의 꿈

문학소녀의 꿈은 그렇게 다시 시작되었다. 신혼 때 생일 선물로 남편이 한 권의 시집을 선물했다. 시집 뒷장에 씌어있던 '시처럼 맑고 시처럼 고운 나의 카시아' 라는 글귀가 기억난다. 소박하지만, 향기가 그윽한 아카시아꽃을 줄여 나를 '카시아'라는 애칭으로 불러주었다.

팍팍한 사회생활을 시작하면서 문학은 내 생활 저편으로 멀어져 갔다. 글쓰기는 또 다른 별개의 일이었다. 화랑을 경영하면서 신문이나 잡지사의 청탁에 떠밀려 글을 쓰기도 했다. 또 작가의 기획전을 열면서 초대글을 썼다. 모두가 내 직업과 관련된 것이었을 뿐 내 삶을 되돌아볼 수 있는 글은 아니었다. 그런 탓에 글쓰기는 나에게 남겨진 아쉬움이고 미련이었다.

짬짬이 써 놓았던 글을 모아 보았다. 참으로 엉성하다. 테라스의 난초와 꽃들에게 물을 주면서 떠올랐던 생각과 여행을 하면서 느꼈던 단상들을 글로 옮기고 싶었다. 또 화랑을 하면서 겪은 보람된 일과 고단했던 내 삶의 여정을 글로 풀어내고 싶었다. 그러나 마음먹은 대로 잘 되질 않아 시간만 낭비하는 게 아닌가 싶었다.

막막함 속에서 엄두도 내지 못한 채 다시 노트를 덮고 말았다. 옛날 시집에 남아 있던 '카시아' 는 아직 나의 몫이 아니었다. 그러던 중 지인이 인문학강의를 들어보라고 권했다. 가슴 저 밑바닥에서 설렘이 일렁거렸다. 등록하고, 강좌를 들으면서 조금씩 자신감과 함께 꿈도 커져 나가고 있었다. 덮어두었던 노트를 다시 열었다.

과제를 하느라 끙끙대고 있었다. 옆에서 지켜보던 아들이 딱하다는 듯 "편안하게 글을 쓰세요. 왜 그렇게 자꾸 욕심을 부리십니까?"라며 몇 마디 조언을 해주었다. 생각만큼 표현이 되지 않지만, 가슴 속에서 커지는 카시아를 향한 나의 꿈을 어쩌랴. 마음속으로 아들에게 말했다. '아들아, 엄마는 그동안 꿈꾸어 왔던 카시아를 키우련다. 조금 못 생긴들 어떻겠니? 나만의 카시아를 너는 모를 거다. 이 즐거움을 네가 어찌 알겠느냐.'

그렇게 쓴 글이 여기까지 왔다. 책을 내라는 주변의 성화가 내심 고맙기도 하다. 문학을 사랑하는 독자들에게 공해가 되지 않게 내 생에 노을이 드리울 때까지 조심조심 글밭을 일구어 가겠다고 수 필가로 등단할 때 쓴 당선 소감의 한 구절을 떠올려본다. 그 약속을 지키려 노력하는 중이라 보아주면 고맙겠다.

2014년 1월

송아당 **박 춘 자**

목차

3부 미묘한 동반자

1 부

봉산문화거리

화랑은 내 삶의 터전

　나는 매일 아침 화랑으로 출근한다. 화랑이 문을 연 지 어언 30여 년이 넘었다. 일흔이 넘은 나이지만 출근할 곳이 있다는 사실만으로도 기분이 좋다. 내가 살아있다는 증거가 아닌가. 화랑은 내 마음의 안식처다. 그리고 우리 가족의 생계를 이어온 삶의 터전이기도 하다. 귀밑머리 파뿌리가 될 때까지 백년해로하자던 사람은 젊은 날 홀쩍 저세상으로 떠나버렸다. 그날 이후 혼자서 보낸 긴 세월과 가슴의 공허를 그림으로 채웠다. 서예를 공부할 때 받은 아호雅號 송아당松芽堂을 대추나무에 음각으로 새겨 현판을 걸었다.

　서예원 간판이 눈에 들어왔다. 아무런 생각도 주저함도 없이 서예원으로 들어갔다. 낯선 곳이었지만, 그 공간을 채우는 그윽한 묵향과 시간이 정지된 듯한 고요는 나를 매료시켰다.

한 번도 체험하지 못했던 별세계였다. 여덟 살이 된 딸의 손목을 잡고 회원으로 등록을 하고 나니 그토록 메마르고 황량하던 가슴에 형언하기 힘든 희열감이 차올랐다. 그날 이후 서예원 가는 일이 중요한 일과가 되었다. 서예는 내 삶의 새로운 활력소이자 기쁨이었다. 늘 우울하고 캄캄하던 마음에 작은 등불이 깜빡거리기 시작했다.

서예원은 조금씩 삶의 희망으로 자리잡아 가고 있었다. 새하얀 화선지에 한 획의 먹선을 그을 때 나는 사람의 발길이 닿지 않은 눈밭에 발자국을 남기는 것처럼 긴장감을 느꼈다. 순백의 화선지에 가로로 그어지는 검은 먹선의 끝이 평생을 두고 일구어야 하는 새로운 내 삶의 터전의 시작임을 누가 알았겠는가. 그 먹선의 끝에서 나는 고서화를 만났다. 서예원에서 집으로 돌아오는 길에 항상 화랑 몇 군데를 들렀다. 70년대 동성로에 있던 화랑들은 그림과 골동품을 취급하며 표구점까지 겸하고 있었다. 그림을 보면서 텅 비어 있던 마음에 차곡차곡 희망을 채우고 상처를 치유해갔다.

나는 점점 그림 속으로 빨려 들어갔다. 그 시절의 화랑은 지금 생각해도 그립고 그리운 곳이다. 자신의 신세와 심정을 담담하게 그려낸 추사 선생의 세한도는 썰물처럼 밀려와 내 가슴을 쳤다. 휘몰아치는 눈바람을 견디며 푸른 지조를 지키는 잣나무와 소나무는 제자 이상적의 변함없는 마음과 인품을 상징한다. 중국으로부터 귀한 책을 구하여 제주도에 유배된 스승에게 보내준 이상적과의 절절한 사연이 새겨져 있는 그림에 반하고 말았다. 서예 선생님의 해설을 듣고 복제품을 구입하였다. 이 한 폭의 그림이 나로 하여금 그림을 좋아하고 사랑하게 했으며, 평생을 그림과 동행하게 하였다. 비록 복제품 일지라도 나한테는 운명을 바꾼 작품이라 아직도 소중히 간직하고 있다.

봄이 무르익어가던 80년 5월, 대구 동성로에 조그마한 공간을 전세로 얻었다. 그동안 구입해 두었던 고서화 작품으로 화랑을 열었다. 고서화를 찾아 틈만 나면 전국의 고서화 가게를 찾아 오르내렸다. 대구 미술 애호가들의 안목은 상당히 높은 수준이었다. 한국전쟁 때 직접 폭격을 피한 대구는 많은 고서화가 남아있었다. 전쟁이 터지자 서울의 유명한 작가들이 대구로 피난을 왔다. 그때 영남의 양반들 사랑방에서 그려 놓은 작품들이 대구를 고서화의 도시로 만들었다. 문인화가 없으면 양반이 아니라는 말이 나돌 정도로 애호가가 많았고, 활기찬 대구의 미술 시장은 전국에서 인정할 정도였다. 그 시절에 소장가들이 찾는 그림은 대가들의 작품이었다. 단원, 혜원, 오원과 겸제 같은 유명 작가들의 작품은 나오기가 무섭게 팔려나갔다. 근대 동양화단의 6대 작가 중 청전, 소정, 이당, 의제의 작품도 인기가 좋았다.

대구 지역에서 활발하게 거래되는 작가의 작품은 대구가 고향인 석재, 죽농, 긍석을 비롯하여 전국에서 인정할 정도의 서예가의 문인화 작품이 거래되었다. 화랑 개관이 대구의 작품 수위로 봐서 다소 늦은 편이었지만, 미술사에 기록된 유명한 작품들을 접할 수 있어 다행스러웠다. 고서화와 골동품이 애호가들의 소장품으로 숨어버리자, 화랑가에는 유명 작가의 작품을 만나기가 점점 어렵게 되었다. 어쩌다 좋은 작품이 나오면 재바른 수집가에 의해 자취를 감추어버렸다.

전국을 다니며 고서화를 수집한다는 게 쉬운 일이 아니었다. 70년대와 80년대 초반에는 전국의 대부분 화랑이 고서화를 고집하고 취급하였다. 고서화는 전국을 다니는 중간 상인에게 의지하지 않을 수 없었다. 그들의 안목으로 가져온 작품 중에서 내 취향에 맞는 작품을 고를 수밖에 없었다. 한편으로는 그런 상인들 덕분에 폭넓은 고서화를 감상할 수 있었고, 더 깊은 애정을 가지게 되었다.

문인화에는 내가 느끼지 못하는 고졸한 세계가 있었다. 당먹과 갈필로 그려 놓은 푸른빛이 감도는 자하紫霞 선생의 그림을 보노라면 죽의 신비로움에 매료되었다. 문인화를 공부하면서 연대에 따른 지질紙質의 변화와 소재와 채색의 변천도 알게 되었다. 세상의 모든 것이 사치스러움으로 보이고 나도 모르게 세속적 욕망과는 멀어져갔다. 생활이 단순해지고 마음의 평정을 찾아 고서화에만 빠져 들어갔다. 문인화에 쓰인 화제畵題를 익히고, 고객과 대화를 하기 위해 서당에 가서 고전을 익혔다.

찾아오는 고객도 늘어났다. 주 고객들은 고서화를 보물로 인정하고 아끼는 학자들과 마음이 순수한 때 묻지 않은 노인들이었다. 고화를 감상하러 오는 학자들로부터 많은 것을 묻고 배우던 황금 같은 시절이었다. 그 보물들을 다 지키지 못하고 하나씩 새 주인에게 떠나보냈다. 차츰 고서화도 화랑가에서 자취를 감추게 되었다. 80년 중반쯤 고서화를 취급하던 화랑에는 썰렁한 바람이 일기 시작했다. 내가 소장하고 있던 고서화가 고객들 손에 다 넘어가기 전에 현존 작가의 작품으로 전환해야 할 시점이 다가온 것이었다.

세월이 흐르면서 송아당 화랑은 대구에서 인정받는 화랑으로 자리 잡았다. 지금은 대구에 여러 화랑들이 있지만, 내가 처음 화랑을 연 시절만 해도 화랑 운영은 귀한 직업이었다. 참으로 고맙고 다행스럽다. 예술의 향기가 서린 그림을 만나고, 화랑주인이 되어 평생을 그림과 함께 보냈으니 얼마나 행운인가. 그리고 화랑은 가족의 생활을 책임진 가장으로서 무사히 세월을 건너오도록 해준 고마운 곳이기도 하다. 송아당과 나는 동반자로서 지난 세월을 함께 지내왔다. 그림과 함께 고독한 나의 반생을 보낸 셈이다.

엉겅퀴꽃

새벽잠에서 깨면 가장 먼저 눈길이 가는 곳이 화단이다. 비록 아파트이긴 하지만 채소나 화초를 가꿀 수 있도록 흙을 담아 베란다 한 구석에 화단을 만들어 놓았다. 그 공간이 이 집을 분양 받을 때 큰 비중을 차지했다. 2월에는 가장 먼저 봄을 알리는 설매화가 피어나 은은한 향에 취한다. 이어서 석곡과 금괴, 치자나무의 꽃향기가 온 집안에 스며들어 황홀한 봄을 장식한다. 꿩의다리는 하얀 꽃잎이 꿩의 발같이 생겼다 하여 붙여진 이름이다. 여름 내내 꽃을 피워 내 사랑을 독차지한다. 늦여름에는 작은 해오라비가 피어나 가지에 새 한 마리 날아와 앉은 것처럼 신비롭기까지 하다. 꽃들과 함께 있으면 잡다한 밖의 생활을 모두 잊어버리고 편안하다.

화단에 앉아있으면 정신이 맑아진다. 그래도 아쉬움은 있다. 내가 가장 좋아하는 엉겅퀴를 내 집에서 키울 수가 없기 때문이다. 엉겅퀴는 산기슭이나 강둑에서 태양과 바람을 맞아가며 자유롭게 자라는 야생초가 아닌가. 꽃줄기가 거칠어 보이며 가시가 있다. 분첩같이 생긴 꽃이 한 가지에 하나씩만 꽃을 피운다. 짙은 보랏빛의 꽃이 저항적이면서 힘이 있어 보인다.

왜 하필 들에 피는 엉겅퀴 꽃을 좋아할까. 한국전쟁이 나고 우리는 피난을 가지 못하고 외할머니와 둘째 이모를 의지하고 살았다. 이모가 나물을 캐러 바구니를 들고 집을 나서면 나도 말없이 따라나섰다. 이모가 나물을 캐는 동안 여러 가지 풀꽃 중에 우뚝 솟은 엉겅퀴 꽃을 따면서 놀았다. 그 꽃의 이름이 엉겅퀴라는 걸 처녀가 된 뒤에야 알게 되었다. 엉겅퀴꽃과의 첫정이다. 엉겅퀴가 장미보다 아름답고 좋았다. 엉겅퀴를 보기 위해 들길을 좋아하게 되었는지 모르겠다.

몇 해 전이었다. 칠순이 되고, 화랑 개관 30주년이 되어 기념전으로 김재학 화백 초대전을 했다. 서울에서도 몇몇 화랑에만 초대전을 허락하는 유명 작가다. 특색 있는 아름다운 화기花器에 장미다발을 극사실로 표현해 관객의 시선을 사로잡는다. 숨은 그림 찾기처럼 장미꽃 뒤에 깔린 조형이 화면과 어우러져 보는 이로하여금 깊이 빠져들게 하는 매력적인 화

김재학 作

풍을 지닌 화가다. 특히 청화 백자 단지와 분홍빛 장미 다발의 조화는 동서양이 만나 빚어내는 묘한 아름다움이 넘쳐흐른다. 훤칠한 키에 지성미를 지닌 김 화백의 심성 또한 매력적이다.

전시가 끝이 날 무렵 작품 한 점이 화랑으로 배달되어 왔다. 청자 화병에 엉겅퀴꽃이 꽂혀있는 그림이었다. 전시가 다 끝났는데 뜬금없이 무슨 엉겅퀴꽃이냐고 화가에게 전화를 했더니 관장님이 좋아하실 선물이라는 대답이 돌아왔다. 내가 엉겅퀴꽃을 좋아한다는 걸 딸한테 들었노라고 했다. 화랑 30 주년의 특별한 기념선물을 받고 보니 감격스러웠다. 그럴 때 화랑주로서 살아온 지난 세월이 보람으로 다가온다. 엉겅퀴꽃에 대한 꽃말을 찾아보니 고독과 근엄이라고 나온다. 꽃말을 알고 나니 엉겅퀴꽃에 대한 사랑이 더 깊어진다. 전시장에 걸어 두면 고객이 탐을 낼 것 같아 그날로 내 집 거실에 걸어두었다. 그 그림은 우리 집 화단의 꽃들과 어우러져 날마다 내게 행복을 선사한다. 그 그림을 보면서 내 삶에 대한 애정과 책임감을 동시에 느낀다. 그림 속 엉겅퀴꽃처럼 고독하지만 근엄한 삶을 살다 가고 싶다.

봉산문화거리

대구의 화랑가는 표구점과 더불어 동성로 대구백화점 부근에서 70년대 초반부터 형성되고 있었다. 시대의 흐름에 따라 한옥이 점차 헐리고 고층 건물이 줄줄이 들어섰다. 그러자 건물 임대료가 올라 화랑 운영으로는 감당할 수 없는 지경에 다다랐다. 90년 초에 아직 걸음마도 떼지 못한 화랑들이 초라한 봉산동 골목으로 옮겨와 새로 간판을 걸어야 했다. 서예학원, 표구점, 예술전문 서점, 액자 판매점과 문화 관련 업체들 60여 개가 들어서면서 봉산동 골목에 새로운 문화상권이 형성되었다.

변화된 화랑을 보고 작가들은 열렬히 환영했다. 주로 한국화를 취급하던 화랑가에 화려한 서양화가 벽면을 차지하기 시작했다. 빛바랜 고서화만 접해오던 고객들도 화려한 채색화에 왕성한 구매욕을 보였다. 작품의 호당 가격이 10만 원하던 것이 20만 원으로 뛰었다. 새로운 전시가 개최될 때마다 작품가격도 부동산에 뒤질세라 높아만 갔다. 그림 붐이 일어났던 것이다. 화랑이란 명칭에서 갤러리로 바꾸기 시작한 것도 90년대 초부터다. 이것은 대구만의 변화가 아니라 서울에서 밀려오는 미술계의 시대적 상황이자 흐름이었다.

문화에 관심이 많던 최병윤 중구청장이 승부수를 던졌다. 초라한 봉산동 거리를 문화의 거리로 조성하는 계획을 세우고 화랑들에게 협조를 구했다. 문화거리 조성을 통해 시민들이 예술을 가까이 접하여 사랑하게 하고, 우리 문화를 지키고 가꾸고자 하는 것이 사업의 취지였다. 대구를 방문하는 사람들이 문화거리를 찾아와 지역 작가의 그림을 감상하고 구매할 수 있는 여건이 주어진다면 무엇을 더 바라겠는가. 그렇게 되면 대구의 문화 위상도 인정받고, 봉산동 거리가 지방 문화 창달의 산실로 뿌리내릴 것이라 믿었다. 문화거리조성의 구체적인 사업과 실행은 우리 화랑들의 몫이 되었다.

대구 유일의 문화거리를 만든다는 계획에 20여 개의 화랑들은 협조를 아끼지 않았다. 그러나 당시 구청이나 시청의 사업 지원금이 준비되어 있지 않아 화랑들이 힘을 합해서 스스로 사업을 추진해야할 처지에 놓이게 되었다. 한편, 대구의 예술계 인사와 교수 몇 사람과 문화거리 밖의 화랑들은 도심의 초라한 골목에 대구를 대표하는 문화거리를 조성한다는 것은 적절하지 않다며 반대의 소리가 높았다. 하지만 모든 것이 그러하듯, 단번에 완벽하게 갖추고 시작하는 것은 없다고 생각했다. 준비위원장을 맡은 나는 팔을 걷어 부치고 밤낮도 없이 뛰어다녔다. 대구의 화랑이 성장할 수 있는 기회라 여겼기 때문이다.

건물 벽면 세 곳에 벽화를 그리고, 거리 입구에는 문화거리를 상징하는 천하대장군과 지하여장군의 장승을 세웠다. 젊은 한국화 작가들이 땀 흘려가며 무보수로 십장생도를 그려주어 문화거리 조성에 힘을 실어주었다. 대구시로부터 1991년에 드디어 문화거리 지정을 받았다. 지역의 작가들도 새로운 작품 전시를 위해 혼신의 힘을 쏟았다. 화랑마다 작가들의 전시가 이어지면서 문화거리에 미술애호가와 젊은이들의 발걸음이 이어졌다.

사업이 마무리될 즈음에 정부의 문화관광부 시찰단이 내려와 봉산동 화랑가를 문화거리로 인정해 주었다. 정부의 지원 없이 화랑들이 단합하여 힘을 모아 추진한 점과 노력에 감탄하며 극찬을 아끼지 않았다. 비록 거리가 600미터밖에 되지 않아 아쉬운 점은 있으나 화랑으로 개조된 한옥이 운치 있는 문화 거리의 조건에 합당하다고 인정했다. 부근에 대구향교와 건들 바위가 있고, 미팔군 후문에는 골동품점이 가까이 있

봉산문화거리 지정 준비 벽화작업

어 손색이 없다고 했다. 문화거리 지정이 합당하다는 인정을 받고 난 후부터는 반대하던 사람들의 목소리도 저절로 사라졌다.

시장과 구청장의 감사패 수여와 함께 늦게나마 얼마간의 지원금이 나와서 봉산문화거리 축제 행사가 이어졌다. 현대 작가로 일본에서 활동하는 전위 작가 육근병 씨를 어렵게 초대해서 거리행사로 퍼포먼스도 했다. 신문과 방송에서도 대구의 문화거리 지정에 많은 관심을 가지고 크게 보도를 했다. 문화거리조성 준비위원장이었던 나로서는 화랑주들의 힘으로 무언가를 이루었다는 자긍심과 기쁨을 함께 느낀 사업이었다.

그 후로 봉산문화협회도 발족하고 20년의 세월이 흘렀다. 중구청에서 정부의 지원을 받아 도로포장공사, 가로등 교체, 이팝나무 식목 등 문화거리 환경 조성에 힘을 쏟고 있다. 그러나 문화거리를 찾는 사람들의 발길은 여전히 부족하다. 봉산문화회관도 개관하여 연극, 음악, 무용, 뮤지컬 공연 등 다양한 공연이 이어져 문화거리 발전에 한몫을 하고 있다. 봉산문화거리의 화랑들은 대구 미술의 발전과 시민의 문화생활 향상을 위한 노력을 아끼지 않을 것이다.

자화상

   액자 속 여인이 수심과 고뇌에 쌓인 채 고개 숙이고 있다. 파마머리에 머플러와 귀고리까지 했지만, 여인의 얼굴은 깊은 생각에 잠겨 있다. 갈색톤을 바탕을 한 그림의 분위기가 차분하면서도 신묘하다. 우수에 젖은 듯도 하고, 그러면서도 밝은 기운이 감도는 색상이 묘한 분위기를 연출한다. 내 초상화다. 오늘 내가 이렇게 살아있다는 사실이 경이롭고 신기하다. 새로운 삶에 대한 의미를 반추하게 해주는 그림이다.

   힘에 부치는 봉산문화거리 협회장도 임기가 거의 끝이 날 무렵이었다. 화랑 운영과 딸의 혼사까지 치르고 나니 내 몸의 기가 다 빠져 나가 정신마저 흔들렸다. 기도를 열심히 하는 친구가 있었다. 기진맥진 넋을 놓은 나를 데리고 태백산에 가서 이틀간 기도 정진을 했다. 흐트러졌던 마음이 모이고 기운이 조금씩 회복되었다.

 기도 후에 심상치 않은 꿈도 꾸었다. 동시에 내 몸에서 일어나는 예사롭지 않은 변화를 계기로 병원을 찾았다. 그때 마침 중국에서 유학 중이던 아들이 방학이라 잠시 귀국해서 집에서 쉬고 있을 때라 아들의 성화도 병원 행에 한몫했다. 몇십 년 건강검진 한번 받지 않았던 벌을 톡톡히 받았다. 유방암 3기라는 진단이 나왔다. 검사결과를 듣는 순간부터 그렇게 복잡하던 머리가 하얗게 비워졌다.

 당장 수술해야 한다는 의사의 말을 남의 이야기처럼 듣고 화랑에 돌아와 업무를 보았다. 누군들 암이 걸렸다는 말을 듣고 태연할 수 있으랴. 나중에 화랑 직원이 전한 말에 의하면 그날 내가 하는 말도 떨리고, 그림 잡는 손도 떨렸다고 한다. 식구들에게는 별일 없으니 걱정하지 말고 며칠 쉬어야겠노라며 거짓말을 했다. 아들과 딸네 식구와 오랜만에 동해로 한 바퀴 돌았다.

 나는 열심히 살아온 내게 암이라는 형벌을 내린 절대자를 향해 속으로 욕을 해대며 웃고 떠들었다. 그동안 못 했던 것에 대하여 한풀이를 하듯 처음으로 온천도 하고 구경거리가 있는 곳은 다 돌아다녔다. 산채도 좋은 것만 먹고 회도 비싼 것만 골라 먹으며 아낌없이 돈을 썼다. 그림 구입할 돈 걱정 같은 것은 안중에도 없었다. 오랜만에 큰 소리로 웃기도 하며 아들의 카메라 앞에서 멋진 폼으로 사진도 많이 찍었다. 그때 찍은 사진 속 나를 보면 암 선고를 받은 사람의 표정이 아니다.

　일상 업무를 보면서도 순간순간 "놀라지 마세요, 종양이 꽤 큽니다." 라는 의사의 말이 자꾸만 재생되어 허공을 떠다녔다. 일주일이 지나도 병원을 찾지 않자 다급해진 의사가 화랑으로 전화해서 급기야 가족이 다 알게 되었다. 아이들이 울고불고 야단이 났다. 그 사이 몸은 더 쇠약해져 체력은 바닥으로 떨어졌다. 난들 왜 아무런 생각이 없었겠는가. 너무나 큰 충격에 마음 정리가 되지 않았고, 내게 닥친 현실을 인정할 수 없어 잠시 유보했을 뿐이었다.

　다음 날 아침, 얼굴에 이상한 느낌이 들었다. 거울을 보니 눈 한쪽은 감겨있고 입이 돌아갔다. 구안괘사가 심하게 온 듯했다. 구안괘사는 치료하지 못한 채 의사의 채근과 아들과 딸의 손에 이끌려 수술실로 들어갔다. 수술 뒤 항암 치료와 방사선 치료를 마칠 동안, 반은 식물인간처럼 살았다. 주는 대로 먹고 병원 가서 치료를 받았다. 슬프지도 않았고 걱정도 없었다. 시절이 가을이라 창밖의 낙엽 지는 풍경을 보고 정신 차리라는 딸의 애타는 울음에도 아무런 감정이 일어나지 않았다. 나의 보호자는 여럿이었다. 딸, 사위, 오빠와 남동생이 시간 나는 대로 보호자가 되어 병원에 동행했다.

김영대 作

암 치료하느라 얼굴은 치료할 시기를 놓쳐서 오랜 기간 고생을 했다. 지금도 그 상처가 남아있다. 그 후로는 밝은 웃음을 잃어버렸다. 상처가 아물고 차츰 정신도 제자리를 찾았다. 다행히 화랑은 딸이 맡아주었다. 병원 치료도 끝이 나고 1년 만에 화랑에 잠시 들렀더니 김영대 화백이 그려준 내 초상화를 내놓았다. 사진 한 장 없이 사라진 내 옛 모습을 그린 초상화였다. 그림 속 나를 보면서 울컥 뜨거운 것이 치밀어 올라왔다.

김영대 화백을 만난 것은 1993년쯤이었다. 송아당 화랑과 인연이 되어 오랜 세월 말없이 지내온 사이였다. 그래도 술이 얼큰하게 취하면 나를 끌어안고 속정을 표했다. 아들 같은 듬직하고 정이 가는 사람이다. 가볍게 변할 줄 모르는 성품도 그의 그림과 유사하다. 그가 집을 그리기 시작한 것도 대학을 졸업하고부터다. 첫 개인전에서 언덕 위의 초가집이 등장하더니 함석집을 지나, 시대의 변천에 따라 화려한 해변의 별장 같은 집들이 그림의 주된 소재다. 인물화도 대가란 칭송을 해도 손색이 없다. 그리기 힘든 석채를 재료로 투박하면서도 두터운 인물화 표현은 독특한 그만의 개성이다.

화랑 주인으로서 화가에게 별로 해준 것이 없어 큰소리로 자랑도 할 수 없었다. 어찌 사라져 버린 내 모습을 초상화로 남겨줄 생각을 했을까. 잃어버린 내 모습을 그대로 담아주다니 그 고마움을 무엇으로 형언하랴. 초상화는 그 사람의 얼굴 모습이 아닌 살아온 삶이나 심성을 그대로 담아내야 하는 어려운 분야다. 지나온 세월 동안 고독했던 내 마음을 화백은 읽고 있었던 모양이다. 초상화 속 내 얼굴이 내 삶의 참모습이라 여긴다. 바라볼수록 그림 속 여인이 마음에 든다.

운보공방의 추억

　운보雲補 김기창 선생의 사무장이 화랑으로 찾아왔다. 송아당에 선생의 공방지점을 내고자 하니 도와달라는 요청이었다. 한국화랑협회에서 1년만 도와주면 다른 곳에서도 지점 신청이 들어올 것이라는 부탁의 말도 곁들였다. 느닷없는 공방지점 설립제안에 당황했지만, 운보 선생의 성함만 듣고도 반가움이 앞섰다. 그 반가운 심정도 잠시, 공방지점 설립은 풀리지 않는 실타래처럼 마음을 혼란스럽게 했다.

　여성 화랑주로서 도예공방 제안에 대한 매력을 뿌리칠 수 없었다. 그러나 아무리 유명한 작가라 해도 그림이 아닌 도예공방을 한다는 것은 내 본업을 벗어난 외도로 생각되어 쉽게 응할 수가 없었다. 화랑과 도예공방, 그림과 도예작품이란 비슷하면서도 엄연히 다르다. 이런 애매한 문제는 여러 날 생각에 잠기게 했다. 더욱이 돈이 될 만한 손쉬운 공방 작품만을 전시하고 수익에만 급급한 화랑이 되고 싶지는 않았다. 전속 작가가 있고, 그림 초대전만을 고집하는 송아당의 자존심이 허락하지 않았기 때문에 더욱 그러하였다.

운보공방의 도예작품은 선생의 그림을 전사轉寫해서 철사鐵砂 물감으로 문양을 새긴 십장생도 찻잔, 반상기, 화병과 작은 조각상 등 다양하였다. 흙으로 만든 탁자와 의자 작품은 한눈에 보아도 품위가 있었다. 분청과 백자, 청자만 보아왔던 터라 다색多色의 빛깔이 새로운 감각으로 와 닿았다. 새로운 감각의 예술작품이 내뿜는 아름다움과 현실적인 계산 사이에서 고민하던 나는 결정을 내리기가 쉽지 않았다.

답을 주지 않고 미루면서, 좋은 기회를 놓치겠다는 후회로 허전한 마음을 달래고 있을 때였다. 운보 선생 측에서 또 다른 제안을 들고 찾아왔다. 파리에서 제작한 오리지널 석판화와 회화 작품은 1전시장에서, 공방전은 2전시장에서 함께 하자는 제의였다. 선생으로선 송아당의 사정을 고려한 어려운 결정이었다. 선생이 참석한다는 조건으로 전시회를 하기로 했다. 초대전을 크게 알려준 지역 신문과 방송사, 즐비하게 늘어선 축하 화환과 화분들 그리고 화랑이 붐비도록 찾아준 고객들로 초대전은 상설전으로 이어졌다. 운보 선생의 작가적 위상과 예술성을 확인한 전시회였다.

운보공방 작품

공방을 시작할 무렵이었다. 대구의 몇몇 지인과 고객을 동반해서 청주에 있는 선생의 공방 제작실과 화실을 방문하였다. 운보 선생은 화실에서 차를 나누며 어눌한 말과 수화로 작품을 열심히 해설해 주었다. 선생의 그림은 청록산수와 사람들을 편하게 해주는 해학적인 바보산수였다. 전국 어디에서도 쉽게 접할 수 없는 귀한 작품을 선생과 함께 마음껏 감상할 수 있었던 것은 공방운영을 하려는 선생의 희망과 배려 덕분에 가능했다. 어쨌든 애호가들에게도 그런 기회는 큰 영광이었다.

 선생이 낙으로 삼고 즐긴다는 잉어연못에서 먹이를 주며 여유로운 시간도 가졌다. 조각공원을 돌아보며 선생이 허망한 표정으로 잔디밭에 앉아서 한참 동안 구름을 쳐다보다 말문을 열었다. 선생은 작가가 되기까지의 자신의 삶을 담담하게 이야기했다. 그림공부를 시키겠다고 장애인 아들의 손목을 잡고 이당 김은호 선생을 찾아갔던 훌륭하고 자상한 어머니, 그리고 화가로 같은 길을 걸으며 듣지도 말하지도 못하는 선생의 귀와 입이 되어 주었으나, 일찍 저 세상으로 먼저 가버린 사랑하는 아내 박래현에 대하여 그리움을 가득 담아 말했다. 잠시 생각에 잠겼던 노 화가의 얼굴에 삶의 버팀목이 되어 주었던 두 여인을 여읜 슬픔이 잠시 머물다가 구름 속으로 흘러갔다.

운보공방의 설립 목적은 청각장애인돕기 기금을 마련하기 위한 것이었다. 선생 자신이 청각 장애를 겪고 있는 까닭에 애정이 깃든 사업이었다. 서울의 한 곳을 제외하고는 대구 지점이 처음이라 고객의 관심은 대단했다. 그러나 가격대가 높아 판매에 적잖은 어려움을 겪었다. 그림을 한 점 구매할 때마다 몇 십 만 원하는 공방작품을 덤으로 요구하는 고객도 있었다. 1년을 겨우 버티다 손해를 보고 공방을 철수해야만 했다. 여기에는 지역 원로 작가들의 불평에 가까운 비아냥거림도 한몫했다. 공방운영에도 선생과의 대화가 어려워 일일이 직원을 통해 상의하고 해결해야 했으므로 확실하고 투명한 공방운영을 할 수가 없었다.

공방으로 인해 금전적 손해는 많이 보았지만, 청각장애인을 돕는 기금에 도움이 되었다는 인사도 들었다. 공방 덕분에 대가의 작품을 소장할 수 있어서 고맙다는 친구들의 인사도 들었다. 나 역시 공방을 운영하면서 운보 선생과 마음의 대화를 나눌 수 있었던 것을 보람으로 삼는다. 그렇게도 그리워하던 두 여인을 천상에서 만나 이승에서의 못 다한 사랑을 주고받으며 환한 웃음 띤 얼굴로 세상을 내려다보고 계실 것만 같다. 추운 겨울날, 십장생도가 새겨진 옴팍한 찻잔에 대추차를 우려마실 때면 빨간 양말을 신고 천진무구한 웃음을 짓던 선생의 얼굴이 찻물에 어린다.

송아당의 사계

간편한 옷차림으로 고속버스를 탄다. 딱히 목적지가 정해져 있지도 않다. 사람들이 모여 사는 곳이라면 어디라도 좋다는 마음으로 떠난다. 대구를 벗어나는 순간부터 머리가 개운해진다. 여름이면 푸르른 산과 들판, 겨울이면 앙상한 나목들이 도열한 풍경과 미루나무 꼭대기에 앉은 까치집에 마음을 빼앗기다 보면 어느새 버스는 종점에 다다른다.

그때부터 이 화랑 저 화랑을 둘러보느라 나의 발걸음은 분주해진다. 화랑주인과 향이 가득한 차 한 잔을 두고 그림과 작가에 대한 이야기꽃을 피운다. 궤짝 문까지 열라고 보채며 깊숙이 넣어둔 그 집 보물까지 다 머릿속에 넣을 때면 나는 쏟아지는 폭포 아래에 선 신선처럼 몰아의 경지에 다다른다.

그림 속에서 살다보면 사계절이 없다. 찌는 듯한 삼복더위에도 눈이 소복이 쌓인 초가집이 눈앞에 펼쳐진다. 살을 에는 듯한 한겨울에도 원두막에 앉아 오수를 즐긴다. 때로는 아득히 펼쳐진 해변의 모래사장을 거닐면서 시간을 거슬러 오르기도 한다. 매화꽃이 후두둑 떨어지는 그늘 밑에서 또 어떤 날은 연꽃이 만개한 정자에서 벗과 차를 나누며 연을 사랑한 송나라 주무숙의 애련설을 더듬어 보기도 한다.

그림은 일상의 삶속에서도 삶의 율동과 환희와 고독을 찾아내 생의 새로운 의미를 부여한다. 이런 자유와 멋이 없다면 누가 그림을 가까이하며 그림을 구입할 수 있겠는가. 마음에 드는 작품을 구입해 집으로 돌아 올 때는 발걸음도 가볍고 콧노래가 절로 나온다. 그때 나는 가장 행복한 사람이 된다. 어두움이 찾아온 고속도로에는 푸른 들판도 미루나무위의 까치집도 보이지 않지만 차창 밖에서 비쳐주는 달빛을 받으며 스르르 잠에 빠진다.

화랑을 개관 한지 어언 30년이다. 세월의 흐름에 따라 화랑이 취급하는 작품도 고서화를 대신한 현존 작가들의 작품으로 바뀌었다. 미술문화의 국제화 시대에 맞추어 전시 환경과 작품의 장르가 하루가 다르게 변해간다. 과거의 미술시장에서는 상상도 하기 어려운 그림들이 외국에서 들어와 아트페어에서 전시를 한다. 시대의 흐름을 받아들여야 한다지만, 이해가 어려운 정체불명의 작품들이 너무나 많다.

고객들도 낯선 외국 작품을 선뜻 사기가 어려운지 망설이는 사람이 아직은 많다. 나도 확실한 이해가 없으며 좋아하지 않는다. 외국의 그림을 화랑에 걸어놓고 잘 알지도 못하는 작가의 약력에 의존해서 고객에게 판매할 수는 없다. 아무리 돈이 좋아도 송아당의 이름으로는 할 수가 없다. 외국의 유명 작가에 대해 문의가 들어오면 솔직히 그런 작품을 구해 줄 수 없다고 대답한다. 소장할 마음도 아직은 없다.

　우리 그림의 담백한 맛에 젖어 있어서 그런지 변화를 시도할 생각이 없다. 지금 공부를 해서 확신을 가지고 시류에 합류한다는 것도 무리라는 생각이 들기 때문이다. 송아당의 자존심과 정체성을 고수하고 싶다. 90년대 초에 송아당 화랑은 한국화 전용 화랑이라고 신문에 대문짝만하게 기사가 났다. 초심을 지키려 다짐했으나 시대에 떠밀려 결국 지키지 못했다. 국제화의 물결 앞에 다시 섰다. 이러한 현실 앞에서 한계점에 다다른 것을 스스로 인정하고 나니 오히려 홀가분하다. 송충이는 솔잎을 먹고 살듯이, 송아당은 우리 그림을 지키련다.

중도中道와 제주

2001년 9월 11일 텔레비전 화면에는 불길에 휩싸인 뉴욕 쌍둥이 빌딩만 나왔다. 그날 오후, 송아당 화랑에서는 대구 최초로 '이왈종 화백 초대전' 개막식이 있는 날이었다. 미술계와 화랑가, 그림 애호가들은 개막전부터 지대한 관심으로 전시회를 주목하고 있었다. 언론사의 취재와 인터뷰, 고객들의 관심과 열기에 작가도 만족스럽고 흐뭇한 표정을 숨기지 않았다. 내 가슴도 흥분과 기대와 설렘으로 들떠있었다.

1980년 화랑을 개관하고 서울을 자주 올라갔다. 미술계의 흐름도 살피고, 현존하는 유명작가의 작품을 사들이기 위해서였다. 서울의 진화랑을 찾아가던 날이었다. "아, 시골에서 먼 길을 오셨네요." 대구를 바라보는 서울 화랑가의 시각을 느낄 수 있었다. 씁쓸했다. 기회가 닿을 때마다 한국화만 전문으로 취급하는 유명한 동산방화랑을 자주 찾아갔다. 어느 날, 그 화랑에서 이왈종 화백의 초대전을 열고 있었다. 나는 바다의 풍랑에 휩쓸릴 듯한 돛단배가 그려진 수묵화 한 점을 구입해 왔다. 이 작품이 화백과 나와의 첫 만남이었다.

고서화만 눈에 익어있던 시절이었다. 그러나 나는 이왈종 화백의 현대적인 감각에 주목했다. 화랑주인의 직관이 작동한 것이리라. 송아당에 반드시 화백을 초대할 것이라고 마음 속으로 다짐했다. 그 시절만 해도 유명작가는 화랑을 옮겨가며 전시를 하지 않았다. 자기 작품에 대한 높은 이해도와 화랑의 유명세가 작품의 위상을 결정하는 기준이 되었기 때문이다. 이름도 없는 대구의 화랑이 유명작가를 초대한다는 것은 거의 불가능에 가까운 시절이었다. 그러나 나는 송아당 개관 20주년 특별전에 이왈종 화백 초대전을 갖기로 하고 준비에 들어갔다.

유명작가의 지방 초대전은 쉽지 않은 일이었다. 작가의 승낙도 어렵지만, 작품판매도 확신할 수 없었다. 내가 화랑을 개관하고 20년의 세월을 보내는 동안 이왈종 화백에게도 많은 변화가 있었다. 교수직을 그만두고 서울을 떠나 제주도로 내려가 작품에만 전념한다고 했다. 더 욕심이 생겼다. 작가에게 삶의 터전을 옮긴다는 것은 작품세계가 그만큼 깊어진다는 것을 말하기 때문이다. 작가는 수묵화 위주로 해오던 작품에도 변화를 주어 현대적인 채색화로 변신을 하고 있었다.

　오랜 망설임 끝에 용기를 내어 초대전 제안을 했다. 쉽게 승낙하지 않을 것 같아서 대구의 문화발전을 위해서라도 초대전을 꼭 허락해 달라는 말도 덧붙였다. 승낙을 기다리는 시간은 초조했다. 나도 자존심을 건 승부수를 던진 것이었다. 믿고 기다리던 보람이 있었던지 반가운 회답이 왔다. 송아당에서 전시회를 열겠다는 화백의 목소리를 듣는 순간 어두웠던 내 마음에 푸르른 하늘이 펼쳐졌다. 송아당을 믿고 내 진심을 인정해 준 화백의 결정에 뿌듯한 자긍심을 느꼈다. 앞으로 어떤 다른 유명 작가의 초대전도 할 수 있겠다는 자신감과 용기를 얻었다.

　화백의 화실은 제주도 정방폭포에서 그다지 멀지 않은 곳에 자리하고 있었다. 마당에는 매화나무 한 그루와 빨간 물감을 토해낼 듯한 동백나무 한 그루가 서 있을 뿐 수수했다. 하얀 강아지 두 마리가 낯가림 없이 달려와 나를 반겨주었다. 문패도 없는 화실이었다. 화실도 작업하기에 편하도록 소박하게 마련되어 있었다. 잔잔한 미소로 자신의 작품과 예술세계에 관한 이야기를 들려주며 멀리서 찾아온 손님의 마음을 잘 헤아려 주었다. 도복을 입지 않았을 뿐 화백은 도인 같은 자세로 살고 있었다.

　나의 무모한 도전에 주변의 시샘도 있었다. 유명한 화백이

이왈종 作

대구의 송아당 화랑에서 전시회를 하는 것은 품위에 맞지 않고, 작품 판매도 시원찮을 것이라는 비아냥거림도 들려왔다. 사실 서울의 유명 화랑들이 화백의 초대전을 열고 싶어도 허락하지 않았기 때문이다. 초대전을 간청할 때 지방문화 발전과 활성화를 위해 꼭 승낙해 달라는 내 말을 잊지 않고 약속을 지켜주었다. 작가의 유명세로 거드름을 피우며 작품 가격과 판매에만 온통 신경을 쓰던 여느 작가와는 다른 모습에 저절로 존경의 마음이 우러났다. 내 예상대로 화백의 작품전은 엄청난 반향을 불러일으켰다.

화백은 전시회에 출품할 작품의 크기와 소재를 손수 선택하여 완벽하게 준비를 해주었다. 그림의 소재는 골프채, 강아지, 자동차, 버드나무 아래 정자에 앉아 있는 남녀 등이었다. 화백의 작품세계는 문명과 자연이 화폭 안에서 간략한 선과 형태로 조화를 이루며, 천진스런 색채의 춤사위로 평화롭고 정겨운 세계를 연출해 냈다. 서울과 제주도, 도시인과 초야인의 생활을 아우르고 있는 작가는 문명과 자연의 경계인으로 중도中道의 제주생활을 향유하고 있는 듯 보였다.

이왈종 화백의 초대전은 성황리에 끝이 났다. 화백의 작품전은 일회성의 전시만을 목적으로 하지 않았다. 초대전을 인연으로 화백의 작품을 원하는 고객의 희망을 충족해 줄 수 있는 가교가 되리라 마음속으로 다짐했다. 그 무렵 송아당 초대전을 마지막으로 화백의 작품가격이 몇 배로 오르면서 서울의 어느 화랑에 전속 작가로 묶어버렸다. 애초의 내 생각이 빗나가면서 고객과 작가를 이어주려는 생각이 무너져버렸다. 화백의 그림이 내 화랑에 한 점도 없다는 때늦은 후회가 밀려왔다.

송아당 화랑에서 열린 화백의 작품전은 지방 화랑의 한계를 벗어나게 해준 계기가 되었다. 지금은 이왈종미술관을 개관해서 제주도를 빛내주고 제주의 자연 속에서 작품 창작에 몰두하고 있다. 화백의 삶 자체가 중도中道의 생활인 것 같다. 화백의 삶과 송아당 초대전은 내게는 잊을 수 없는 한 폭의 그림으로 남아 있다.

인연

이수동 화백과 가까이에서 멀리서 함께한 세월이 20여 년이다. 그의 얼굴은 동안이고 편안한 인상이다. 고독을 즐기며 외로움을 타는 것처럼도 보인다. 하지만 머릿속은 상상과 창조의 생각으로 꽉 차 있을 것이다. 그는 그림이 팔리지 않을 때도 서글퍼하거나 비관적인 생각은 하지 않는다. 독서를 많이 해서 그런지 박식하고 유머도 있다. 그가 나직한 목소리로 말을 하면 좌중이 모두 귀를 기울이게 만드는 힘이 있다. 그래서 얼마 지나지 않아 화기애애한 분위기가 자연스럽게 만들어진다. 사람을 끌어안는 힘이 있는 사람이다. 다른 능력과는 별개로 천성이 소박한 성품의 소유자다. 창작에만 아쉬움이 있지 다른 것에는 자유로운 사람이다.

"송아당과 함께 하자."는 내 말 한마디에 다른 화랑에서 초대해도 20년 동안 송아당에만 눌러앉아 있다. 나와의 의리를 지키기 위해서일까, 아니면 처음의 각오와 세월을 버리지 못해서일까. 긴 세월 답답하기도 했을 것이며, 후회인들 왜 없을까. 그와 송아당은 전속계약서 한 장 없다. 그리고 힘들고 어려운 시절에도 지원금 한번 준 일이 없다. 10년을 지났을 무렵 송아당의 작품판매 능력이 부족한지 다른 화랑에서 전시를 시도한 적이 있었다. 내심 서운하긴 했어도 원망은 할 수 없었다. 만류할 수가 없어 그러라고 했으나 그는 결국 다른 곳으로 가지 못하고 송아당에 다시 돌아왔다.

내가 유방암 3기 판정을 받고 이에 따른 쇼크로 얼굴에 구안괘사까지 겹쳐 병원에 입원했을 때 화랑운영에 위기가 닥쳤다. 그때 미술을 전공한 딸은 결혼해서 자녀까지 두고 가사에 매달려 있을 때다. 화랑 문을 닫을 수는 없어 고육지책으로 딸이 화랑을 지키기로 했다. 딸은 화랑 운영에는 초보지만 미술대 교수나 선후배가 있어 화랑이 그다지 낯선 곳은 아니었다. 다행히 딸과 이 선생은 뜻이 잘 통하였다. 그래서 그는 새로운 기분으로 눌러앉았을 것이라 짐작한다. 이수동 화백이 송아당 전속이라는 사실은 알만한 화랑은 다 아는데, 주인이 아프다고 다른 화랑으로 덜컥 가는 것이 송아당을 버리고 간다는 생각이 들었을지도 모른다. 그는 가족처럼 화랑에 나와 딸을 이끌어 주었다. 이것도 인연이라면 이수동과 송아당

이수동 作

의 질긴 인연이라 할 수 있다.

 이수동 화백을 만난 첫 인연은 1992년 '먹칠과 색칠' 이라
는 그룹 창립 초대전을 송아당에서 열었을 때부터다. 먹칠은
한국화고, 색칠은 서양화. 그룹 명칭도 마음에 들었지만,
참여 작가 모두 화단에서 손색이 없는 작가들이라 내심 반가
웠다. 그중에 한 사람이 이수동 화백이었다. 전시를 마치고
개인 명함을 내밀었다. 화실에 한번 들려주면 좋겠다는 말도
덧붙였다. 그 말에 힘이 있고 의미가 느껴졌다.

 화단에서 인정받고 있는 중견 작가들과 어울려 송아당에서
초대전시를 하며 자연스럽게 송아당의 대표 작가가 되었다.
적잖은 세월 동안 화랑과 함께 그의 그림도 빛이 났다. 그와
나는 사사로운 일에 잔소리도 주고받는다. 내 차가 오래되어
낡아 보이자 새 차로 바꾸라고 성화다. "이수동이 있는 화랑
사장의 차가 이래서야 됩니까? 이번 전시회를 해서 새 차로
바꿉시다." 그의 말을 따라 나는 전시를 끝내고 새 차로 바꾸
었다. 자신은 정작 승용차가 없어 대학의 강의를 거절하던 사
람이다.

 그의 그림을 보고 있노라면 시를 읽는 느낌이 든다. 단순하
게 그림과 색채만 보는 것이 아니라 많은 얘깃거리가 담겨 있
다. 그는 감성이 풍부한 작가다. 그림에도 사랑과 외로움이
묻어있어 서정적 감성이 저절로 우러난다. 1993년 한국화랑

협회전이 서울 예술의전당에서 열렸다. 송아당이 처음으로 참여하는 전시인지라 작가 선정을 고심하고 있었다. 젊은 고객의 입장에서 아들이 이 화백을 지목해주었다. 그것이 인연이 되어 화랑협회전에 해마다 참여하여 최다 참여 작가로 선정되기도 했다. 화랑협회전 참여를 통해 그의 이름이 서울에 알려지는 발판이 되었을 것이다.

　송아당 화랑의 자존심이 곧 이수동의 자존심이 되었다. 취미반을 운영할 법도 하지만 가난하게 살 각오로 작품에만 매진한다는 그는 진정한 작가다. 자기의 생각이 옳다고 판단이 서면 절대로 흔들리지 않는 강직한 성품의 소유자이기도 하다. 그래서 세상의 모든 사람과 어울리지 못하는 독립군이라고도 말한다. 옛말로 하자면 이수동 화백은 신언서판身言書判에 걸맞은 사람이다. 그는 다복한 가정 속에서 작가로서 명성을 떨치고 있다. 서울에서 딸이 운영하는 갤러리 송아당에도 그의 작품이 걸려있다. 지금은 각종 미술대전 심사위원과 중견작가로서 자리매김하고 있다. 일산 호수공원 부근 전망 좋은 화실에서 창작에 여념이 없는 그의 얼굴이 떠오른다.

상처

    1982년 무렵이었다. 서울의 미술협회와 미술대학 교수들의 힘으로 국전이 대한민국 미술대전으로 바뀌었다. 동양화가 한국화로, 서양화가 유화로 장르별 분류도 했다. 서양화가 서서히 고개를 들기 시작했다. 서양화의 판매 거래가 시작되면서 호당제 가격이 자리를 잡았다. 화랑과 고객 사이에서 익숙하지 못한 서양화의 호당 가격 문제로 거래가 이루어지지 않을 때가 많았다. 그 당시 원로 작가 중 고 손일봉 선생이 최고가로 6만 원이었으며, 지금의 중견 작가들은 호당 가격이 매겨지지도 않았다.

    대구의 화랑은 손으로 꼽을 정도였다. 그래도 화랑가는 수준 높은 서울 유명 대학의 교수들 작품들을 소장하고 고객 사이에도 거래가 활발했다. 화랑들은 고화보다 현존 작가의 작품 감식에 눈이 더 어두웠다. 그래서 작가의 약력에만 의지했다. 서울의 어느 대학에 미술 교수인지, 아니면 미술대전에서 수상을 했는지, 특선을 몇 번이나 했는지에 따라 거래가 되던 시절이었다.

내가 알고 있는 서울의 유명 작가라고는 돌아가신 변종화 선생과 민경갑 선생이 유일했다. 변종화 선생은 내가 현대화로 전환하여 화랑 경영에 나서는 일에 적극적으로 반대하던 사람이다. 이유인즉 화랑이 생각만큼이나 순수하고 품위를 지키며 할 수 있는 문화사업이 아니라는 것이다. 고화가 줄어들고 미술품을 사랑하고 소장하고 싶어하는 애호가들이 슬슬 현존작가의 작품에 눈을 돌리기 시작했다. 그때 대구의 이 화랑 저 화랑을 다니는 소장가는 줄잡아 30여 명에 불과했다.

대구에도 신진 애호가들이 등장했다. 그들의 제안에 나는 분주하게 서울을 오르내려야만 했다. 서울대 미대 교수의 작품이면 무조건 구매하겠다는 약속을 했기 때문이다. 대구의 고객이 선호하는 학교는 서울대와 홍익대학이다. 그러니 자연히 그 대학 교수들의 작품을 구입하기 위해 애를 쓸 수밖에 없었다. 유명 대학의 교수 작품이라 중간 상인에게 구입하는 가격보다 훨씬 비싼 가격이었으나 송아당의 안목과 진품이라는 진실을 믿고 거래가 이루어졌다.

1990년 송아당의 벽면에는 다양한 화풍의 그림이 내걸렸다. 천경자의 아프리카 풍물, 박노수의 버드나무 아래 신선, 운보의 바보 산수, 송수남의 순 먹으로 그린 현대화 풍경, 민경갑의 넝쿨 그림에서 변화된 홍도의 그림, 서세옥의 동자가 노를 젓는 뗏목 그림에서 비구상 그림으로 변화했을 때의 작품이 상설전시되었다.

작가들의 작품도 시류에 따라 소재와 기법이 변해갔다. 그당시 송아당 화랑에는 화단에서 최고의 위치에 있던 분들의 작품을 취급했다. 그래도 대구에서의 개인 초대전은 승낙하지 않았다. 내가 대구에 살고 있기 때문에 감수할 수밖에 없었다. 그때 전시를 많이 유치했더라면 화랑들이 지방 색에서 일찍 벗어날 수 있었을 텐데 아쉬움이 남았다. 그리고 대구의 미술 시장의 활성화에도 이바지했을 것이다.

손목 잡고 서실에 같이 다니던 딸이 어느덧 어엿한 미술을 전공하는 대학생이 되었다. 서울의 미대 교수들 화실에 갈 때는 딸이 동행을 해주었다. 작품도 들어주고 말동무도 되어 주어 외롭지 않았다. 지금은 딸도 서울 종로구 사간동에서 넓은 공간을 가지고 '갤러리 송아당'이라는 화랑을 경영하고 있다. 대견하고 자랑스럽지만, 한편으로 생각하면 한쪽 가슴이 아리고 안쓰럽다. 내가 다 겪어보았기에 화랑 경영의 어려움을 잘 알기 때문이다. 작가와 고객 사이에서 얼마나 힘이 들 것인가. 그래도 지금은 작가들이 많아 선택의 여지가 있고 문화 사업이라 인정도 받고 멋스러움도 있다. 화려한 사업이라 반드시 고생한 보람이 있을 것이라 위안을 해본다.

1990년 10월에 문화거리에 50평 공간으로 이전해 왔을 때다. 작가들의 초대전으로는 손색이 없는 반듯한 전시장으로 호평을 받았다. 이전 개관 기념 전으로 서울대의 S작가 초대전을 약속받고 성북동을 여러 차례 다니면서 작품도 여러 점 가져와서 판매도 했다. 판매 가격이 적은 돈이 아니다. 10, 20호 정도에 500만 원에서 700만 원까지 했다. 일 년을 다녔다. 막상 전시 날짜를 정하려니 그쪽에서 작품가의 전액을 지불하고 전시를 하자는 제안을 했다. 작가의 작품을 전시하는 것이 아니라 화랑이 구입을 해서 전시를 하라는 말이다. 아무리 지방인 대구지만 자존심이 상해서 두말하지 않고 전시를 그만두었다.

전시의 관행을 무시하고 초대전을 하고 싶지가 않았다. 두고두고 송아당이 선례를 남기고 싶지 않아서였다. 개인적으로 작품을 판매하는 것보다 작가를 초대해서 대구에 알리고 작가와 고객 사이에 화랑이 가교가 되고 싶었다. 내가 화랑을 경영하는 처세다. 그때 받은 상처가 오래도록 지워지지 않았다. 서울의 작가들이 개인 초대전을 꺼려서 지방에 살고 있다는 이유로 홀대받는 일이 많아서 지방색에서 벗어나기가 힘이 들었다.

서울의 유명 작가 그림을 찾는 고객이 늘어나는 만큼 고단한 생활은 지속되었다. 이전 개관 기념전은 지금의 원로 작가들로 서양화와 한국화를, 서울작가와 대구작가의 합동전으로 열었다. 화랑을 하는 사람으로 이보다 더한 상처는 없었다. 가끔 뒤돌아보는 그 시절은 상처와 함께, 그러나 황금 같은 보람된 시절이었다. 다시는 돌아오지 않을 소중한 추억의 한 자락이다.

조각 전시장에서

바람 한 점 없는 폭염과 불쾌지수가 최고치에 달하는 지루한 여름이 지나고 있다. '시민과 소통하는 조각 축제'란 타이틀을 걸고 해마다 이맘때가 되면 봉산문화거리에 있는 화랑들이 조각전을 열고 있다. 행사에 참여하는 우리 화랑도 어떤 작가의 작품을 선택할까, 며칠 고심을 했다. 조각의 재료와 작품의 성격 등을 고려해서 젊은 여성 작가를 초대하였다. 현대를 살아가는 젊은이들의 일상적인 삶의 순간을 포착한 작품이었다.

풍자와 해학의 리얼리즘을 나타낸 인체 조각은 살아 숨 쉬는 우리에게 친근함을 느끼게 하는 동시에 인간의 욕망과 삶을 여과해서 작품으로 보여준다. 작품의 표현 수위가 지나치게 과감한 탓에 조금 걱정이 되었지만, 전시장에 놓인 작품을 보면서 안도했다. 젊은 작가답게 과감한 실험성으로 인체가 지닌 생동감과 여성으로서의 존재감을 적극적으로 드러냈다. 남성 중심의 사회를 향해 통쾌한 펀치를 날리듯 작품 속 인물은 거침이 없었다. 그의 조각을 보면 가슴이 뻥 뚫리는 시원한 느낌이 들었다. 전시장의 조명을 받은 조각 작품은 다양한 표정을 보여주며 미소를 짓게 만들었다.

변기에 걸터앉은 채 팬티는 있는 대로 내려놓고 머리는 수건으로 질끈 동여매고, 담배를 손가락에 끼워 물고서 한없이 시원하다는 표정을 짓는 여성, 책과 씨름하다 머리가 어지러운지 물구나무를 서서 눈을 지그시 감고 생각에 젖어있는 여성의 표정이 재미있고도 생생하게 다가온다. 길게 엎드려 마루를 걸레로 열심히 닦고 있는 남성의 엉덩이에 올라앉아 다리를 꼬고 독서를 하며 즐거워하는 표정을 짓고 있는 여성을 보며 잠시나마 더위와 잡다한 생활에서 벗어나 웃음꽃을 피운다.

전시 작품 중에서 모든 이의 발길을 멈추게 하는 조각이 있었다. 청바지에 푸른색 남방을 걸치고서 검은 고무신에 발을 반쯤 넣고는 긴 의자에 앉아서 팔을 꿰고 담배 연기를 뿜어내며 허탈한 표정의 청년상이었다. 그 옆을 지나면 담배 연기에 눈이 따가운 느낌이 들 정도로 강렬한 작품이었다. 전시 감상을 하던 어느 청년이 한참을 그 앞에 머물러 있더니 씁쓰레하게 웃으며 그 조각 옆에 기대어 담배 한 대 피워 물고 긴 한숨을 토해내고 싶다고 했다. 그러면 답답한 속이 시원해질 것 같다고 말했다. 젊은이들이 실감하는 삶의 무게가 만만치 않다는 것을 그 청년의 말 속에서 감지할 수 있었다.

그 청년의 일이 새삼 남의 일처럼 느껴지지 않는다.

10년 이상을 해외에서 충실하게 유학을 끝내고 박사학위를 들고 몇 달 전에 귀국한 아들은 턱 없이 낮은 강의료를 받으면서도 여기저기 강의하러 뛰어다니고, 엉덩이가 무르도록 앉아 논문을 쓰기에 정신이 없다. 힘든 만큼 재떨이에 담배꽁초가 쌓이는 것을 보면 내 마음이 아려온다.

서울에서 나와 같은 길을 걸어가는 딸의 얼굴이 떠올랐다. 모르는 게 약인데, 내가 먼저 걸어온 길이기에 자식이 겪어야 할 어려움을 잘 알고 있다. 그래서 더 마음이 아프다. 방황하는 젊은이들이 조각상을 보면서 잠시나마 위안을 받고 생의 위기를 잘 헤쳐나가기를 바랄뿐이다. 변기 위에 앉아 있는 여성의 엉덩이를 쓰다듬다 무심히 창밖의 하늘을 쳐다본다. 한 줄기 비라도 쏟아져 답답하고 암울한 젊은이들의 가슴을 시원하게 씻어주면 좋으련만.

2 부

아날로그에 산다

조각보

폭염으로 유난히 더운 여름이었다. 방충망에 붙어 울어대던 매미도 어느덧 귀뚜라미한테 시절의 자리를 물려준 듯하다. 서늘한 기운에 창문을 닫는다. 풀잎에 이슬이 맺힌다는 백로를 지나 추석 명절이 다가온다. 마음이 분주해질 시기다. 차례상 준비는 당연하지만, 먼저 해야 할 일들이 많다. 여름 휴가철에 아들 내외와 딸 내외, 손자 손녀들이 며칠씩 다녀가고 난 후 그대로 둔 삼베 이불 홑청을 벗겨내고 차렵이불로 바꾸어 놓아야 한다. 인조 옷가지도 보자기 여러 개에 싸서 삼층장 속에 정리하다가 어머니와 재봉틀로 조각보를 만들 때가 생각났다.

조각보의 쓰임새는 다양하다. 명절이나 기제사가 있을 때마다 전을 부쳐서 광주리에 담아 보관을 하자면 보자기가 여러 개 있어야 했다. 귀한 물건을 보관할 때도, 옛 여인들이 나들이할 때도 보자기에 옷가지를 사서 꼭 껴안고 집을 나섰다. 고갯길을 넘어 옷고름으로 눈물을 훔치며 시댁으로 돌아가는 영화 속 여주인공의 손에도 보따리가 들려있었다. 말하자면 가방 대용품이 보자기였다. 보자기를 만들어 쓸 만큼 천이 흔하지 못했던 시절에 옷감으로 쓰고 남은 천으로 조각보를 만들었다.

어머니가 고운 옷감을 준비해서 밤을 새워 손수 내 치마저고리를 만들었다. 천이 귀할 때라 자투리 천을 버리지 않고 모아둔 색색의 천이 바늘 함지 속에 가득했다. 어머니는 재봉틀이 아닌 손수 한 땀 한 땀 바느질로 조각보를 만들었다. 두레상엔 둥근 조각보를, 네모상엔 각진 조각보를 만들었다. 귀한 음식이 있어 옆집에 보낼 때도 색색으로 만든 예쁜 조각보를 덮어 보내곤 했다.

세월이 흘러 딸을 출가시킬 때였다. 시댁에서 허드렛일을 할 때 새색시 티가 나도록 세탁이 쉬운 초록과 다홍 치마저고리를 여벌로 준비해서 보냈다. 그때 남은 천을 모아 두었다가 노란색을 더 준비해서 조각보를 만들었다. 어머니가 마름질하면 나는 서투른 솜씨로 재봉틀로 박음질을 했다. 솜씨가 서툴러서 삐뚤기도 하고, 실밥이 뭉치기도 했지만 재미있었다. 여러 색의 갑사를 더 준비하여 여름 차보를 만들면서 몸이 불어 입지 못하고 넣어 두었던 모시 적삼도 꺼냈다. 소매통을 잘라서 차보를 여러 개 만들어 지인이나 친구들에게 선물하기도 했다. 내 집 부엌과 다실에는 조각보가 여기저기 많이 있다.

인두 대신에 전기다리미가 나오고, 판 대신에 담요가 있다. 조각보를 만드는 과정도 그 옛날의 어머니 시대와 다르다. 어머니는 자투리 천을 모아 두었다가 손으로 정성을 다해서 조각보를 만드셨다. 내가 재봉틀로 박음질한 것보다 더 가지런하고 맵시가 있다. 나는 반듯한 천을 조각조각 내어 조각보를 만든다. 손바느질이 아닌 재봉틀로 박아 내려가지만, 복잡한 상념이 사라지고 머릿속이 맑아진다. 서투른 솜씨로 조각보를 만들 때는 집중이 되어 마음 수양에도 큰 도움이 된다. 이런저런 생각에 머리가 어지러워질 때는 조각보를 만들기 위해 재봉틀 앞에 앉을 때가 많았다.

예로부터 내려오는 민속품들이 공예가들에 의해 작품으로 재탄생된다. 화가들도 캔버스에 조각보나 골무를 그린 것을 보면 정겹다. 혼례가 정해지고 허혼서를 보낼 때도 빨간색과 청색의 보자기에다 부귀를 상징하는 목단꽃을 곱게 수놓았다. 베게 모서리에도 수복강녕의 글씨를 색실로 수놓았으며, 수저집이나 장롱의 열쇠 패까지도 수를 놓고 정성을 다해 모양을 냈다. 옷을 만들기 위한 도구로 언제나 안방 모서리에

화로와 함께 바늘 쌈지가 놓여 있었다. 바느질로 고된 일생을 보낸 옛 여인들의 손길이 그립다. 화랑 일을 접고 나면 재봉틀이 아닌 골무를 끼고 한땀 한땀 마음을 다스려 가며 천천히 고운 색상의 천으로 조각보를 만들어 보고 싶다.

어그리 단지

눈발이 희끗희끗 내리는 오후다. 봄이 문턱에서 눈발에 밀려 머뭇거리고 있다. 하던 일을 접어놓고 하늘을 쳐다보니 마음 한구석이 서늘해진다. 이럴 때는 골동품 가게를 찾아 나선다. 옛 물건은 아무리 보아도 질리지 않는다. 오래된 석조물은 손끝으로 다가오는 푸석한 촉감이 세월을 머금은 듯 푸근하다. 요즈음은 골동품 만나기가 쉽지 않다. 꿩 대신 닭이라 했던가. 옛것을 재현한 소재에 품위 있는 색을 넣은 현대 도자와 목기도 때로는 위안이 된다. 이것저것 손으로 만지고 쓰다듬으며 놀다보면 미안한 생각이 들어 적당한 것 하나 집어온다. 그날만큼은 마음의 부자가 된다.

골동품 경매장에 들렀다. 새 한 마리가 구름 위에 앉은 형상이 새겨진 자그마한 어그리 단지가 눈에 들어왔다. 가마에서 유약이 흘러내리면서 자연스레 생겨난 문양이 새겨진 단지라 귀하다. 불과 우연성이 빚은 문양이라 도공이 그린 그림과는 다른 느낌이다. 꿈을 꾸는 듯 몽환적이기도 하고 신선의 나라에서 날아온 새 같기도 했다. 경매장에서 처음 보는 어그리 단지인지라 더 놀랍고 반가웠다. 어머니는 매일 장독대에 있는 닷 말들이 큰 장독부터 작은 옹기까지 정성스럽게 닦아 주었다. 어그리 단지는 소금 단지나 식초를 담아 놓고 뒤에 구석진 자리에 얌전히 앉아있었다. 본디 예술품이란 것이 희귀성을 담보하지만, 어그리 단지가 골동품 대접을 받게 될 줄은 몰랐다.

어그리의 어원은 '어그러지다' 에서 유래한다. 가마에서 구울 때 유약이 흘러내리거나 불의 기운으로 형태가 어그러진 옹기를 칭하는 말이다. 내가 본 어그리는 작은 옹기였다. 우연히 만들어진 결과물이라 의외의 자연스러운 문양이 탄생한다. 도공은 물레를 돌리며 모양 좋고 반듯한 옹기를 만들기 위해 온 정성을 다했으리라. 유약을 바르고 장작불을 때서 굽는 과정에서 불의 기운과 시간이 적절치 못해 유약이 흘러내려 상품성이 떨어진 어그리가 되고 말았다. 어그리가 가마에서 첫 세상으로 나왔을 때 도공은 어떤 표정을 지었을까. 깨어버리기는 아깝고 그렇다고 제값을 받고 팔기도 힘든 어중간한 옹기를 보고 도공은 잠시 갈등을 겪었을 것이다.

세월이 흘러 어그리도 민속품이 되어 귀한 대접을 받는 시대가 되었다. 그래도 질긴 운명을 타고나 눈비 맞으며 산 좋고 물 좋은 장독대에서 서러움을 달래며 터지지 않고 잘 견디었다. 인생사 새옹지마라더니 구박받던 어그리 단지가 공예품 대접을 받으니 세상사물도 인생사와 다르지 않다. 이제나마 좋은 세상 만나 대접받는 예술품이 되었다. 어그리 단지의 운명일 것이다. 내가 경매장에 갔을 때는 벌써 주인이 정해졌다. 골동품을 애호하는 주인을 만났으니 소금 단지가 아닌 엄연한 예술작품으로 문갑이나 진열장에서 도도히 무게를 잡고 있을 것이다.

어그리의 운명이나 인간의 운명이나 무엇이 다르랴. 도공이 반듯한 옹기를 기원했듯이, 인간이 태어날때도 세상에서 가장 정직하고 모범이 될 수 있는 훌륭하고 건강한 아이가 태어나도록 기대를 했을 것이다. 아이를 가진 산모는 열 달 내내 기도하고 상스러운 것만 가까이하며 태교를 한다. 그렇다고 자식이 내 뜻대로 주어지는가. 어림없는 소리다. 그렇게만 되었더라면 부도덕하고 비윤리적인 어지러운 세상에서 우리가 살지도 않을 것이다. 어그리 단지나 인간이나 다 자기 팔자대로 태어나지 않았을까. 나 또한 부모님의 가르침과 뜻을 따라 살지 못하고 어그리 단지처럼 내 의도가 아닌 삶을 살아야만 했다.

책임감과 자존심으로 곰팡내 나는 고서화와 수십 년을 동고동락하면서 살았다. 어머니는 다복하게 살지 못하는 자식을 가슴에 묻고 애태웠을 것이다. 어그리 단지를 보는 도공의 심정과 어머니의 심정이 같았으리라. 하지만 화랑을 30여 년 경영하면서 나대로는 보람도 있었고 행복했다. 고서화는 어그리 단지보다 세월을 앞당겨 세인의 관심을 받게 되었고, 귀중한 보물이 되었다. 눈 밝고 지혜로운 이들이 화랑이란 간판을 달고 고서화를 판매하기 시작하고부터 더욱 그러했다. 나 또한 그 속에서 살다 보니 귀한 고서화처럼 화려한 조명을 받지는 못했지만, 어느새 어그리 단지를 좋아하는 사람이 되었다.

　옹기에 관심을 두는 이들이 점점 늘어가고 있다. 옛날 조상의 방식대로 장을 담그고 매실이나 각종 약초나 열매를 숙성시키는 것은 전통 옹기가 제격이다. 아파트에 살지만, 베란다 한쪽에 장독대를 만들어놓았다. 어그리 단지를 갖다놓으니 장독대가 풍성하고 자주 눈길을 주게 된다. 누구도 거들떠보지 않던 어그리 단지가 예술품으로 격상되어 대접받을 줄 누가 알았으랴. 공예 기술도 발전하여 어그리 단지 같은 자연스러운 물건은 잘 나오지 않는다. 그래서 더욱 귀한 존재가 되었다. 투박하면서 소박한 어그리 단지에 들꽃을 심었다. 작지만 향기로운 꽃을 피워 올리는 어그리 단지는 내게 삶의 철학을 가르쳐주는 소중한 스승이다.

아날로그에 산다

언제부터인가 초저녁잠이 많아졌다. 의자에 걸터앉아 가을 밤 달빛과 마주하며 살짝 맛있게 자고 눈을 뜨니 밤 11시가 훌쩍 지나버렸다. 텔레비전도 켜져 있고, 휴대폰에서는 어디서 문자가 왔는지 신호음이 들려온다. 고맙게도 '10월의 마지막 밤을 어떻게 보내고 있느냐?' 는 문자와 함께 여기저기서 얼굴 한번 보자는 즐거운 소식이 뜬다.

10월의 마지막 밤이라고 생각하니 그냥 넘어갈 수 없었다. 자정이 넘어 사방은 고요하고 적막했다. 마음에 잔잔하게 파동이 일어난다. 노래가 생각나서 차방에 건너가 한참 만에 CD를 찾았다. CD에서 흘러나오는 패티 김의 노래 '가을을 남기고 간 사람' 을 흥얼거린다. 휴대폰을 만지작거리다 보니 평소에는 그리 달갑게 여기지 않았던 휴대폰이 새삼 정겹게 느껴진다. 감정 없는 기계적인 사물이지만 보내는 이의 따듯한 마음을 고스란히 전달해주어 마음을 동하게 하니 정말 요상한 물건이다.

사실 나에게는 휴대폰의 기능이 무색하다. 그 많은 휴대폰의 기능들을 생각하다 보면 복잡한 미로 속에 놓인 것 마냥 머리가 아파온다. '삐삐'란 게 처음 나왔을 때도 받기만 하면 된다고 해도 귀찮다며 한사코 거절했다. 휴대폰이 처음 나왔을 때 세상이 놀랍고 신기하기만 했지 갖고 싶지는 않았다. 그래서 휴대폰 역시 거절했다. 휴대폰이 있으면서 활용을 못한다면 오히려 불편할 것 같았다. 회의할 때나 중요한 얘기를 나눌 때 여기저기서 벨 소리가 울려 눈살을 찌푸리게 하던 일이 떠올랐다. 그러고 보니 나는 빠르게 변화하는 문명 속의 이방인으로 살아가는 사람이다.

휴대폰이 없어 불편하다는 생각도 없이 지내고 있을 때였다. 나의 의사와는 상관없이 딸이 자기네들이 오히려 불편하다며 휴대폰을 선물로 사왔다. 평안하던 내 생활이 갑자기 번잡스러워졌다. 오랫동안 정이 붙지 않아서 휴대폰과 멀찌감치 떨어져 있었다. 이름 그대로 휴대하고 다니라고 휴대폰이니 제발 신경 좀 쓰고 살라며 딸이 화를 냈다. 조용하게 아날로그적인 삶을 살던 나에게 갑자기 찾아온 신문물은 두려운 파도였다.

드디어 송아당이 휴대폰이 생겼다는 소문이 났다. 시도때도없이 휴대폰에서 봐달라고 소리를 낸다. 문자 보내는 것을 상상도 못하는 나를 보고 직원이 문자 확인과 보내는 방법까지 가르쳐 주었다. 아직 능숙하게 잘하지는 못해도 혼자서 확인도 하고 문자도 보낸다. 처음 문자 보내는 것을 배우고 나서 자랑삼아 친구들에게 안부 문자를 보냈다. 친구 역시 문자 확인을 못하니 손녀가 문자 보는 방법을 가르쳐 주겠다는 걸 손사래를 치며 거절했단다. 그러면서 직접 내게 전화를 했다. 칭찬과 부러움의 찬사를 보내는 친구의 심경을 이해할 것 같았다.

화랑에 컴퓨터와 복사기, 전송기, 카드기 등 업무용으로 있어야 할 기계는 모두 갖추어 놓았다. 하지만 나는 한 가지도 할 줄 아는 게 없다. 별로 하고 싶지도 않고 답답하지도 않다. 컴퓨터가 있으나 내 아이디와 비밀번호를 직원이 관리한다. 화가나 화랑가에서도 나의 이런 태도에 모두 포기를 하고 말았다. 나 자신도 아무런 생각 없이 지냈다. 수필 창작교실에 들어가서 공부를 하면서 문제가 생겼다. 글을 볼펜으로 적어서 직원에게 부탁하는 일이 민망하고 또 나의 뜻대로 되지도 않았다. 속으로 애를 태웠다. 내 사정을 모르는 회원에게 핀잔도 받아가며 노력한 덕분에 등단까지 했다. 감히 컴퓨터 소리는 꺼내지도 못하고 있을 때 등단 축하로 아들이 컴퓨터를 선물해 주었다.

안방의 화장대가 치워지고 커다란 책상이 놓이고 컴퓨터와 복사기까지 갖춰졌다. 가슴이 설레고 잠이 오지 않았다. 두렵기도 했다. 말 못하고 답답해하는 마음을 아들이 눈치 채고는 직원 성가시게 하지 말고 컴퓨터를 배우라고 당부했다. 켜고 끄는 것, 아이디와 비밀번호 사용법 등 중요한 몇 가지만 일러주었다. 컴퓨터가 들어온 지 일 년이 다 되어 가는데, 아직 손가락으로 토닥거리며 오타 투성이의 글을 쓰고 있다. 이것도 집에만 왔다 하면 밤을 새워 노력한 덕분이다.

미술계도 디지털은 이미 대세다. 백남준의 작품처럼 디지털 기기를 적극 활용하면서 새로운 장르로 발전하고 있다. 그 공부까지 하려니 머리가 더 희어질 것 같아 감상만 하기로 작정했다. 복잡한 구성을 지니고 광범위한 지식을 요구하는 디지털 시대의 그림보다 나는 여백의 미가 있는 우리 그림, 사색할 수 있는 수묵의 문인화와 고서화가 더 좋다. 디지털 기기 속에서 살 수 없어 산속으로 쫓겨나도 괜찮다. "이름 없는 여인이 되고 싶소"라던 노천명의 시 구절처럼 그렇게 살고 싶다. 나는 오늘도 손가락으로 자판을 토닥거리며 아날로그에 산다.

여름밤의 서정

전시 오픈을 이틀 전에 했다. 지난해도 작품전을 했으나, 작가로서는 모자라고 아쉬운 부분이 많았나 보다. 전시를 열어놓으면 스승이나 선배, 그림을 하는 친구들이 잘된 점과 고쳐야 할 곳을 지적한다. 작가는 남들의 지적도 중요하지만, 본인의 의도대로 작품이 완성되지 못했을 때 더 괴로워한다. 지난해 작품전과는 다르게 소재와 물감의 터치를 거칠게 표현하여 남들이 피하는 여름에 전시를 고집했다.

전시회를 하면 평가나 판매에도 신경이 쓰이지만, 더운 날씨로 몸과 마음이 지쳐 있었다. 간혹 전시장의 그림을 모두 떼어 냈을 때 하얀 벽면이 더 시원한 여백의 그림 같을 때가 있다. 일요일은 편안한 마음으로 쉬고 싶었다. 약속도 미루고 집에서 아무 생각도 하지 않고 쉬기로 작정했다. 아침에 늦잠도 자고 싶었다. 그러나 침실 밖의 개가죽나무에 앉은 새 소리와 매미 소리에 아침 일찍 잠에서 깨어버렸다.

여름이면 매미 소리가 귀찮아질 때가 가끔 있다. 개가죽 나무가 해마다 자라나는 가지 위엔 매미도 더욱 많아졌다. 늦잠을 포기하고 에어컨도 켜지 않고 땀을 흘리며 여유를 즐겼다. 그러다가 조용한 시골집 생각이 났다. 문득 까마득한 옛날 소녀 시절 고향 큰집 돌담 사이로 솟구치는 옹달샘이 떠올랐다.

장천면 버스에서 내려 장터를 지나 깊지 않은 넓은 개천을 건너면 마을이 나온다. 촌수가 가까운 박씨 일가들이 한 마을을 이루고 과수원과 농사를 지으며 살고 있다. 여름 방학만 하면 동생과 같이 숙제할 것을 챙겨서 큰댁으로 갔다. 방학이 끝날 무렵에야 대구로 돌아왔다. 육촌 오빠와 여동생이 있어 친구도 좋았지만, 큰어머니가 그 바쁜 농사철에도 우리를 알뜰히 보살펴 주어서 즐거운 방학이 되었던 것 같다. 여름만 되면 시골 갈 생각에 방학이 되길 손꼽아 기다렸다.

큰집은 돌담장에 마당이 넓었다. 큰 감나무 밑에는 여러 명이 앉을 수 있는 새끼줄을 꼬아서 만든 멍석을 깔아 놓았다. 해거름이 되면 큰어머니가 밀가루 반죽을 방망이로 밀어 호박을 듬성듬성 썰어 넣고 칼국수를 만들어 주었다. 온 가족이 둘러앉아 먹는 칼국수를 먹는 재미를 어디에 비할까. 배도 고팠지만, 가족끼리 나누던 정이 맛을 더해 주었을 것이다.

밤이 되면 돌담 밑에서 솟아오르는 물을 논두렁 사이로 흘러가지 못하게 막아놓았다. 작은 자갈을 깔고 넓은 돌로 만든 자리가 있다. 어른 아이 구분 없이 개구리 소리를 들으며 얼음같이 차가운 물에 목욕을 하러 갔다. 찬물을 뒤집어쓰면 한낮의 더위와 고단함도 함께 씻겨나갔다. 달이 뜨는 밤이면 대청마루에 쳐놓은 모기장 속에서 잠을 잤다. 돌담 옆에 심어놓은 박넝쿨 사이로 달빛 받은 하얀 박꽃과 풀벌레 소리를 들으며 엄마 생각을 하면서 스르르 잠이 들었다.

아침이면 송아지 울음소리에 잠이 깼다. 싸리문을 열고나서면 탱자나무 울타리를 쳐 놓은 과수원이 눈앞에 나타났다. 가시가 있는 초록의 잎사귀 사이로 피어난 하얀 탱자 꽃은 빨갛게 익어 가는 사과나무 밑에서 더욱 깨끗하고 순박해 보였다. 낮에는 밭에 따라 나가서 고구마와 감자도 캐고, 가지와 오이도 땄다. 까만 얼굴에 하얀 이만 보인다고 놀림도 받았다. 비가 오는 날이면 큰어머니가 간식으로 옥수수와 감자를 쪄 주었다. 마루에 앉아서 초가지붕 끝에서 떨어지는 빗방울 소리를 들으며 그동안 밀린 숙제와 일기를 한꺼번에 하느라 어른들께 꾸중을 듣기도 했다. 나의 어린 시절은 시골에서 뛰어놀면서 꿈이 영글어 갔다.

며칠 후면 서울에서 외손녀들이 방학을 맞아 외가에 온다고 한다. 대구가 산이나 바다가 가까워 다행스럽긴 하지만,

송아지의 울음소리와 방장을 친 대청마루에서 박꽃을 바라보면서 잠을 자는 추억 만들기는 불가능한 시대다. 나처럼 잊을 수 없는 추억거리를 만들어 줄 수 없으니 안타깝다. 무엇으로 외손녀들에게 여름밤의 서정을 느끼게 해 줄까 고민을 해 보아야겠다.

내가 글을 쓰는 까닭은

　대성초등학교가 훤히 내려다보이는 내당동 언덕 위에 우리
집이 있었다. 뒷마당에는 아버지, 어머니, 오빠, 남동생, 그리
고 나의 명패가 달린 텃밭이 있었다. 1940년대 언덕 동네 사
람들은 수도가 없는 열악한 환경에서 살았다. 대신동까지 내
려가서 지게 물통으로 물을 길어 주고 땔감을 마련하며 살림
을 도와주는 아저씨가 가족처럼 한집에서 기거했다. 그 아저
씨는 우리 집에서 귀한 존재였다. 밀짚모자를 쓰고 목에 수건
을 두른 아버지의 하루는 아저씨가 길어다 준 물로 밭고랑에
물주는 일로부터 시작되었다. 해가 질 무렵이면 대청마루 뒷
문을 열어 놓고 서화작품을 손질하거나 그림을 바꾸어 걸면
서 하루를 보냈다. 나무울타리와 그 아래로 펼쳐진 채소밭과
갖가지 야생화가 피어나는 둔덕은 어린 시절 나의 놀이터였

다. 변화무쌍한 자연의 체험과 아버지의 그림 사랑이 화랑주인의 길로 들어서게 한 씨앗인지도 모르겠다.

화랑 문을 열고 기획 초대전을 열 때마다 항상 초대 글을 쓰느라 끙끙대었다. 작가는 대상의 인상이나 느낌을 작가 특유의 기법과 방법을 빌어 조형화하여 하나의 작품으로 형식화한다. 작가가 추구하는 세계를 밝히기 위해 동원된 색채와 형태, 그리고 구도와 재료를 이해하고 글로써 고객에게 전달해야 하는 일이 내 임무였다. 작가의 언어를 고객의 언어로 번역하는 일이라 할 수 있다. 그림에 대한 전문 지식이 없는 사람도 작가와 그림을 이해하고, 고객이 구매의욕을 갖도록 안내하는 초대 글의 내용이 크게 작용한다. 화랑을 운영하면서 초대글을 쓸 때마다 글쓰기는 내게 고역이었다. 직업상 글쓰기를 강요당하면서 글을 제대로 쓰려면 배워야겠다고 생각했다.

문학을 좋아하고 책을 즐겨 읽는다는 것과 글을 쓰는 일은 다른 차원이었다. 우선 시간이 허락하는 대로 내 일상과 주변의 일을 이야기하듯 써내려 가리라고 마음먹었다. 나이를 잊어라지만, 늦은 나이에 글을 쓴다는 것은 어려운 일이었다. 더욱이 글을 쓰기 위해 20여 년 생각을 담은 비망록과 글을 화랑이 옮겨올 때 분실해 버렸다. 글을 쓰고자 하는 욕망과 글을 쓰는 현실은 너무나 먼 거리에 있었다. 기억도, 표현도,

감성도 둔해졌다. 잃어버린 세월의 기록을 재생한다는 것은 거의 불가능에 가까웠다. 기록은 사실이며 시대의 속살이기에 내면의 세계를 유실할까 마음이 아팠다. 쏟아지는 많은 책을 보며 내 글이 세상에 나가면 오히려 공해가 될 것 같아 한때는 글쓰기의 꿈을 접어버린 적도 있었다.

그림의 비구상처럼 난해한 문학이 호평을 받는다 해도 나는 자연스러운 수필과 옛 그림을 좋아한다. 호된 비판이 따를지라도 보고 느낀 것을 진솔하게 써 내려갈 것이다. 어렵고 복잡한 생각의 세월이 다 지나갔다. 내가 글을 쓰는 것은 문학 동네에서 문학을 아끼고 사랑하는 사람들과 어울리면서 노년을 보내고 싶기 때문이다. 어쩌면 문학의 길은 비현실적인 허망한 꿈인지도 모를 일이다. 그러나 꿈을 이루고자 하는 희망을 품고 저물어 가는 내 인생의 한 자락에 아름다운 낙조를 그리리라.

석촌의 절개

선거 열풍이 일고 있다. 엊그제 대법원의 판결로 한 사람의 도지사와 국회의원이 자리를 잃었다. 정가는 벌집을 쑤셔 놓은 듯 시끄럽다. 자천타천 후보의 이름이 매스컴에 오르내리고, 자기를 뽑아만 주면 나라를 발전시키고 요순시대를 열듯이 있는 말 없는 말을 다 쏟아낸다. 그러나 유권자의 선택을 받고 당선이 되고 나면 고개가 뒤로 젖혀지고 말조차 근엄해진다. 그들의 약속은 언제 그랬느냐는 듯이 까맣게 잊어버리고 자기들 밥그릇 챙기기에 여념이 없는 것이 정치인의 얼굴이다.

한바탕 전쟁을 치룬 듯 선거가 끝나면 당선자나 유권자는 망각의 늪으로 들어간다. 신성한 권리 이면에는 무거운 책임이 따른다는 사실을 쉽사리 잊어버린다. 이번 선거 역시 후

보자들에 대한 기대감과 선거가 가져다 줄 결과에 대한 궁금증보다 그들이 보내 줄 배신감이 더 두렵고 서글픈 생각이 앞선다.

시대를 거슬러 옛날을 생각하니 떠오르는 분이 있다. 예조판서와 이조판서를 거치면서 문인화를 즐겨 그렸던 석촌石村 윤용구 선생이다. 일제강점기에 내무대신으로 10여 차례나 임명되었으나 모두 거절하였을 뿐 아니라 총독부가 남작 작위를 내렸으나 이 또한 거절했었다. "내가 굶어서 죽을지라도 왜적들에게 벼슬을 받아 호의호식할 수 있겠느냐? 나라가 바로 서지 않으면 세상 밖으로 나오지 않으리라."는 말을 남기고 서울 교외 장위산 아래 은거하였다. 1939년에 생을 마친 그는 강직한 성품을 지닌 청빈한 구한말의 문신이자 서화가였다.

석촌이 즐겨 그린 것은 난과 죽이었다. 깨끗하고 맑은 향기로 사람의 심성을 정화시키는 난과 세상의 어떤 고난에도 굽히지 않으며 불의에 타협하지 않는 죽은 선비가 지녀야 할 덕목으로 상징된다. 그의 난은 잡다한 기교를 부리지 않는 단순함에 함축된 신운神韻과 문향文香이 특징으로 드러난다. 석촌의 난은 바로 우리들이 일생을 두고 수행하고 성취해야 할 인격도야의 표상이다. 정치가보다 선비로서 존경받는 것은 그의 문인화를 통한 청아하고도 고매한 인격에서 비롯된 것이다. 문인화로서 석촌의 그림을 높이 평가하는 데는 또 다른 이유가 있다. 난을 그려 놓고 화제畵題를 쓸 때 남의 시를 옮겨놓는 것이 아니라 이 난은 어느 산, 어떤 바위 옆에 있는 것을, 어떤 마음으로 화폭에 옮겨 표현했는지를 글로 표기해 놓았기 때문이다.

이러한 선생의 화제는 정직함과 함께 그림을 더욱 사실적으로 표현했기 때문에 보는 사람들에게 무언의 강한 메시지를 전달해 준다. 난 한 포기를 그릴지라도 외양에 탐닉하기보다 내면의 본성을 간취하여 이루어져야 할 세상과 가야할 인간의 길을 특유의 감성으로 걸러낸다. 이번 선거에서 석촌 윤용구 선생의 난과 죽처럼 청신하고 향기 있는, 그리고 불의와 타협하지 않는 인격의 후보자가 당선되기를 바란다. 힘들게 살아가는 민초들에게 성실과 책임이 삶의 보람이 되게 하고, 내일을 기다리게 하는 희망의 등불이 되어, 세상의 어둠을 거두어 주는 정치가 펼쳐지면 세상은 행복할 것이다. 말없이 선거를 지켜보며 걱정하는 한 시민의 소박한 바람이 성취된다면 선거는 신나는 축제가 될 것이다. 가슴을 두 손으로 누르며 티 없이 맑은 하늘을 바라본다.

마수와 떨이

30여 년의 화랑경영은 내 일생의 가장 긴 선분을 차지한다. 300여 회에 가까운 전시회를 개최하면서 개막날의 기대와 설렘은 예나 지금이나 마찬가지다. 작가의 선정, 새로운 작품, 작품 진열, 팸플릿 제작, 판매까지 모든 일이 내 손을 거친다. 화랑도 미술작품을 상품으로 판매하는 장사다. 그러나 거래되는 물건이 식품이나 공산품과는 다르고, 고객 또한 문화향유를 원하는 계층이라는 점에서 일반적 상행위와는 조금 다르다. 그러나 상품을 팔고 이익을 추구한다는 점은 같다고 할 수 있겠다.

전시회가 오픈되면 작품 판매에 온 신경을 집중한다. 화랑의 이미지를 걸고 고객을 맞고, 원하는 작품을 권하고, 가격을 조율하는 등 내 역할이 빛을 발한다. 한 작품이 판매될 때까지는 작가의 예술적 성과와 위상, 작품의 주제와 기법의 특징, 작품가격 등 미술에 대한 다양한 지식과 설득력이 동원되어야 한다. 첫 작품의 판매가 예약되면 작품 밑에 빨간 딱지를 붙인다. 첫 마수의 빨간 딱지는 기대와 희망의 출발신호와 같다. 첫 출발이 좋으면 내 마음도 환희로 가득 찬다. 또한, 첫 마수는 앞으로 맞게 될 고객의 취향과 적정가격을 알리는 방향등도 된다.

아무리 유명한 작가의 작품이라 해도 화랑가에서 떨이는 그야말로 하늘의 별 따기처럼 어렵다. 전시회에 출품된 작품을 모두 판매하는 떨이는 그리 쉽게 이루어지지 않는다. 화랑주인의 입장에서 본다면 복권당첨과도 같은 행운이다. 떨이가 이루어진다면 작가의 위상과 화랑의 이미지를 드높이고 엄청난 수입도 얻게 된다. 작품 판매 결과에 따라 작가는 자신의 작품세계에 대하여, 화랑은 작가 선정과 작품가격에 대한 반성과 철저한 연구를 요구하게 된다. 그러나 작가와 화랑주가 떨이는 아니더라도 만족할만한 판매의 수준에 이르면 고생한 보람을 느끼며 함께 기뻐하고 유대도 더욱 공고해진다.

며칠 전 한 출판사로부터 '마수와 떨이' 란 제목의 글을 써 달라는 청탁을 받았다. 조금은 우습고 재미있는 기획이라는 생각이 들었다. 그 이유는 마수와 떨이란 어휘가 이제는 거의 사용하지 않는 사라진 속어이기 때문이다. 그러나 곰곰이 생각하면 이런 말은 서민 생활에 깊숙이 자리하여 아직도 면면히 그 생명을 유지하고 있다. 마수와 떨이라는 말은 시장경제와 함께 탄생했을 것이다. 재래시장이나 상점에서 장사하던 상인들이 빈번하게 사용하던 말이다. 장사의 시작과 끝을 의미하며, 장사꾼의 하루를 압축해서 상징하는 말이기도 하다. 해가 뜨면 장사꾼은 좌판을 펴거나 가게를 열고는 팔 것들을 정리하고 손님을 기다린다. 첫 손님을 맞는 시간이 길어질수록 마음은 조급해진다. 첫 손님의 구매는 그날 장사를 예고하는 점괘와 같은 것으로 불안과 희망으로 마음은 복잡해진다.

마수걸이는 맨 처음으로 물건을 파는 일이라는 뜻의 '초판初販'에서 그 어원을 찾을 수 있다. 첫 손님을 맞아 물건을 파는 마수는 그날의 장사 운을 예측하는 만큼 상인에게는 기쁘고 귀중하다. 첫 손님에게는 덤으로 듬뿍 더 얹어주는 것도 이러한 까닭에서다. 손님에게 기쁜 마음을 안겨줌으로써 장사꾼의 마음도 기쁘고, 오늘 하루 장사도 번창하게 이루어지기를 기원하는 진솔한 소망도 담겨 있다.

떨이는 팔다 남은 물건을 다 털어서 싸게 파는 일이나 또 그렇게 파는 물건을 의미한다. 하루를 마감하는 해질녘에 떨이를 외치는 목소리는 북소리처럼 우렁차다. 남은 물건을 싸게 팔고자 하는 장사꾼의 외침은 오늘을 청산하고 새로운 내

일을 맞고자 하는 희망의 몸짓이다. 세월의 풍상을 겪은 거친 손은 마수걸이한 돈부터 떨이한 돈까지 몽땅 세어보고 또 세어보며 하루치의 삶을 계산한다.

내가 사는 집은 도시의 외곽지에 있다. 그래서 길가에는 할머니들이 좌판을 펴놓고 온갖 채소를 자그마한 바구니에 담아 두고 손님을 기다린다. 확인할 길은 없지만, 할머니들이 직접 키웠다는 말에 내 마음이 움직인다. 어떤 할머니는 "마수도 못했으니 싸게 줄 테니 팔아 달라."고 간청한다. 또 어떤 할머니는 "덤으로 몽땅 줄 테니 떨이를 해 달라."고 애원의 눈길을 보낸다. 말의 진위 여부를 떠나서 그 말에 넘어가 몇 가지 푸성귀를 구입한다. 마수와 떨이를 한 날은 손님인 나도 기분이 좋다.

지금 디지털을 만끽하고 있는 세상이지만 아날로그와 같은 순박한 인심이 아직 살아 있다는 것은 삶의 여유인지도 모르겠다. 세상 때를 덜 탄 옛날 인심이 마수와 떨이로 남아있는 것이 다행스럽다. 근래에 재래시장을 찾는 이들이 점점 늘어나는 것도 서로 정을 주고받는 마수와 떨이의 따뜻한 인심을 그리워하는 것이리라.

우리네 인생 또한 마수와 떨이가 아닌가. 생각해보면 생명의 탄생에서 죽음에 이르는 삶의 과정도 이와 다를 바 없다. 한 생명이 탄생했을 때 부모가 느끼는 환희도 장사꾼이 느끼는 마수의 기쁨과 건준다면 지나친 비약인가. 죽음이야말로 어쩌면 떨이처럼 기나긴 삶의 여정에서 겪은 온갖 희로애락을 모두 털고 가는 순간이 아닐는지. 나도 마지막 떨이를 하고 가벼이 여생을 보내고 싶다.

점

    갑자기 내가 가족의 생계를 책임져야 할 암담한 일이 일어났다. 기가 막힌다는 것이 그런 상황을 두고 하는 말이었나 보다. 아무런 생각도 묘책도 떠오르지 않았다. 오랫동안 실의에 빠져 있었던 어느 날 이모가 오셨다. 내 눈치를 살피며 살길을 모색해 보자는 말에 정신을 가다듬고 따라나섰다. 사회 경험도 없어 내가 할 수 있는 일이 별로 없다는 걸 가족들도 잘 알고 있었다. 집안에서 걱정해도 달리 방도가 없으니 점집이라도 찾아가 묘책을 듣고 싶었던 것이리라.

    생전 처음 찾아간 점집은 낯설고 두려웠다. 생년월일을 대니 점쟁이는 내 안색을 찬찬히 살피더니 오색 깃발을 내놓으며 더듬지 말고 하나를 잡으라 했다. 시키는 대로 했더니 붉은색 깃발이 뽑혀 나왔다. 지나온 과거나 성격을 말하는데 대충 맞았다. 사주에 외로울 고孤를 타고 났으니 앞으로 고독한 생활은 하겠으나 지혜롭고 혜안이 밝아 예술계통의 일에 종사하면 그다지 큰 고생은 하지 않겠단다. 다른 건 귀에 들어오지도 않고 모를 일이지만 큰 고생은 하지 않겠다는 뜻풀이에 솔깃했다.

지푸라기라도 잡는 심정으로 찾아간 내게 그 말은 희망과 용기를 주었다. 이렇게 해볼까 저렇게 해볼까? 궁리하기 시작했다. 누구에게도 자존심이 상해 털어놓지 못할 속사정을 털어놓고 싶어졌다. 정신병원에서 치료를 받는 심정으로 남몰래 그 점집 보살을 찾아다녔다. 내가 나선 세상 밖의 첫 진로에 개인 상담사가 되어 주어 많은 위안이 되었다. 부모 형제 누구에게도 의논하면 마지막엔 네가 알아서 하라고 한다. 겁이 나고 자신도 없었고 외로웠다. 그러나 그 보살은 용기와 힘을 실어 주었다. 실패는 없으니 자신을 가지고 일을 시작하길 권해주었다. 그렇지만 그때 뽑은 그 붉은 깃발만은 지금도 믿고 싶지 않다.

내가 삶의 중반에 들었을 때였다. 그 점집 보살도 자기가 그렇게 허망하게 세상을 뜰 줄은 몰랐으리라. 산에 기도하러 가던 중 교통사고를 당한 것이다. 자기의 운세도 모른다고 비난하는 사람도 있었지만 타고난 명이 다했구나, 하는 생각을 했다. 누구나 세상에 태어날 때 타고난 사주대로 살다가 주어진 명대로 죽음을 맞이하게 되니 너무 애태우며 살지 말라고 하셨다. 그렇지만 눈에도 보이지 않는 사주와 명을 믿고 맥놓고 살아갈 수는 없었다. 답답하고 철없었던 시절 점집을 찾아다니는 동안 나도 반 점쟁이가 되었다. 그렇다. 순리와 이치에 맞게 살아가도록 태어난 것이 인간의 운명인지도 모른다. 내가 지금까지 살아올 수 있었던 것은 인간세계에 대한 믿음의 배움과 희망의 끈을 놓지 않았기 때문이었으리라.

누가 무슨 힘으로 살아가느냐고 물으면 희망이 있어 살아간다고 말한다. 세상을 살다 보면 삶이 절박해질 때가 더러 있다. 며느리 뱃속에 생명이 잉태되면 손자가 태어나길 기다리다 못해 족집게같이 잘 맞힌다는 점집을 찾아다니며 아들을 얻을 것이라는 위안을 받고 싶다. 대학 입시 철이면 자식이 원하는 대학에 갈 수 있을 거라는 점괘를 믿고 발표가 날 때까지 위안으로 삼는다. 또 자식 혼사를 앞두고 궁합이라는 걸 보기 위해서도 점집을 찾게 된다. 끝내는 부부 백년해로에다 자녀의 성공과 얼마나 부를 누리며 살아갈 것인가를 미리 점쳐보고 희망의 끈을 잡고 싶은 것이 인간의 욕망이다.

점은 팔괘와 육, 효, 오행을 살펴서 과거와 앞날의 운세며 길흉을 미리 일러준다. 과학은 무속이라 하며 무시하지만, 길흉을 알고 미리 대비하도록 도와주는 매력도 있다. 쉽사리 판단하지 못할 절박한 일이 생겼을 때 우리는 한 차원 높은 신의 판단에 의존하게 된다. 오래된 동네의 골목길을 가다 보면 대문 밖에 붉은 깃발이 높이 달려 바람에 펄럭이면서 나약한 인간을 유혹하기도 한다. 그러나 점은 인간을 겸손하게 만든다. 내 의지로만 어떻게 해볼 수 없는 초자연적인 힘을 인정하고 삶을 긍정하게 해준다.

지금도 그때 점집을 찾아다녔던 내 행위가 어리석은 것이라고는 생각하지 않는다. 진로의 결정을 돕기 위해 사회단체 선배들이 조언을 해주고, 사랑의 전화 같은 봉사단체가 있어 답답하고 절망에 빠진 사람에게 위로도 해준다. 길을 잃고 방황하는 사람에게 작은 손을 내밀어 잡아준다는 것이 얼마나 아름다운가. 점占 또한 생각과 판단은 내 몫이고, 마음 가지기 나름이지 그렇게 불신할 것만은 아니라고 생각한다.

삶이 무엇이라는 걸 조금 알만하면 저승길 문 앞에 와 있다는 말이 가슴에 자리한지 오래다. 지루했던 신묘년 동지도 지났으니 운세도 임진년의 새 운세로 바뀐다. 새해 무렵이면 좋지 못한 운세 때문에 고생한 사람은 좋은 운세로 바뀌길 바란다. 저마다 희망을 얻으려고 또다시 점집을 찾을 것이다. 힘들었던 신묘년에서 나 또한 벗어나고 싶다. 임진년 새해에는 우리 가족들이 병고病苦와 액난厄難없이 승진과 사업 번창의 운세에 자그마한 희망의 불씨를 붙여보려 신수를 보러 갈 것이다. 내가 바라는 좋은 점괘가 나오길 바라면서.

식영정에서

여름 산은 숲이 무성하다. 깊고 웅장하며 수려한 느낌은 들어도 싱그러움이나 정다운 맛은 없다. 반면, 겨울 산은 앙상한 나목과 어우러진 산의 내면을 깊숙이 들여다볼 수 있다. 크고 작은 동물도 겨울잠을 자는지라 고요하고 수척해 보이는 겨울 산이 좋다. 나목을 쓰다듬어 주는 바람 소리와 낙엽 밟는 발자국 소리에 귀 기울이고 싶다. 겨울만 되면 담양에 있는 식영정과 소나무가 그리워진다.

아침 햇살을 받으며 힘겹게 봄을 기다리는 물기 마른 풍란과 흔적조차 보이지 않는 노루귀와 복수초 화분을 들여다보다 문득 식영정이 떠올랐다. 찻잔과 아껴 두었던 우전차를 조금 덜어 담고, 보온병에 물 온도를 맞추어 가벼운 차림으로 홀쩍 떠났다. 달그림자도 쉬어간다는 식영정 이름이 가슴 설레게 한다. 식영정은 전남 담양군 지곡리 야트막한 산자락에 자리 잡고 있다. 혼자 운전을 해서 거기까지 다녀오는 일이 그리 쉬운 일은 아니다. 집에까지 당도하면 내 운전 실력으로 약 9시간이 넘게 소요된다.

서하樓霞 김성원이 스승이자 장인인 임억령을 위해 식영정을 지었다고 한다. 임억령은 담양부사를 그만두고 64세에 고향 해남으로 돌아가 강진과 담양을 오가다 식영정이 건립되자 그곳에서 자연을 벗 삼아 시문을 짓고 후학을 가르치면서 여생을 보냈다. 서사시와 서정적 시편 3,000여 수가 전해져오고 있다.

고속도로를 빠져나와 식영정으로 가는 입구부터 자미천이 흐른다. 바람에 잔물결이 일렁이며 해오라기 몇 마리가 무심히 먹이를 찾는지 열심히 물질을 한다. 평화로운 강변을 끼고 한참 돌아 산 밑에 다다른다. 지난해 보지 못했던 약차 전문집이 생겨 반가운 마음에 들렀다. 잠시나마 창 넘어 풍경과 더불어 생강차 한 잔으로 마음을 따뜻하게 데운다. 혼자 떠나온 여행지에서 마시는 차는 색다른 감동의 파장을 일으킨다.

겨울이라 정자에 오르는 사람은 나 혼자뿐이다. 산자락에는 빛바랜 은행잎이 쌓여 속세의 여름 행적을 감추어 준다. 바람 소리와 낙엽 밟는 내 발자국 소리뿐 고요가 사방을 감돈다. 혼자라서 느끼는 고독감도 괜찮다. 정철의 '성산별곡' 시비를 한참 들여다보다 낙엽 위에 주저앉아 산을 올려다본다. 붉은 소나무 둥치에 앉은 푸른 솔잎은 변함없다. 이곳의 소나무는 모두 몇 백 년의 나이를 먹은 홍송이다. 나무 둥치가 세월을 말해주는 듯하다.

식영정에 올라 차를 우려 찻잔을 마주하고 앉았다. 수백 년 전의 시인이었던 임억령 선생이 무명 두루마기 차림으로 뒷짐을 지고 서 있는 모습이 환영으로 떠오른다. 솔숲에 비라도 내리면 하얀 물안개가 떠돌며 소소한 빗소리가 신비스럽기조차 했을 것이다. 소나무 사이로 떠오르는 보름달을 바라보며 바람 소리와 구름을 벗 삼아 시를 지었으리라.

소나무가 울창한 가운데 앞이 훤히 트인 곳에 식영정은 풍광이 멋지다. 정자 밑으로 유유히 흐르는 강물을 바라보며 초연한 마음으로 시 한 편 읊어보고 싶다. 혼자 정자에서 마시는 차 맛과 겨울 풍경에 취해 보온병의 물이 다하도록 차를 우려 마셨다. 찻잔을 챙겨 내려오면서 속세를 떠나 자연을 벗 삼아 시를 짓고, 후학을 가르치며 여생을 보낸 서하 선생을 생각한다. 가슴에 차있는 끝없는 갈망과 갈증을 바람과 강물에 흘려보내고 몸도 마음도 홀가분해진다.

사는 일이 힘겨워 어디에고 슬픔을 쏟아내고 싶을 때가 있다. 무엇으로도 채워질 수 없는 허허로움에 숨이 막힐 것 같을 적도 있다. 미완의 환상을 털어버리고 싶을 때, 무한히 자

유로운 마음이고 싶을 때 나는 식영정 정자에서 새로운 나를
찾아서 돌아오게 된다.

여성의 자아실현

　젊은 아내가 남편에게 애교를 부리면서 "남편 사랑은 여자 하기 나름이야"라는 TV 광고 문안이 나온 적이 있다. 물론 신혼 시절의 에피소드를 이용한 깜찍한 내용의 문안이다. 기성세대인 내가 보아도 그릇된 통념이 아직도 우리 의식 깊이에 자리하고 있구나, 라는 생각이 든다. 이 광고는 결혼과 함께 일생을 남편에게 내맡기고 의지해 사는 것이 여자의 행복이라고 생각하는 것과 다를 바 없다. 지금 시대는 여성도 직업을 갖고, 결혼 후에도 계속 일을 하는 시대다. 직업을 통해 자기의 정체성을 모색하고 자아를 실현하려는 신세대 여성에게 이런 구시대적 광고가 통하는지 궁금하다. 아직도 그런 관념이 남아 있다는 사실이 실로 놀랍다.

　우리 세대는 가정에서 얌전히 자라 나이가 들면 결혼해 아이를 낳고 남편을 보필하며 살림을 잘 사는 것이 꿈이었다. 가정이란 울타리 안에서 남편과 자식의 건강과 성공을 위해 봉사하고 희생하는 것이 여자의 의무요 행복이며 여자의 일생이라 생각했다. 남녀평등의 시대를 맞이한 요즘 젊은 남편은 부인도 계속 직장생활을 하길 원하며, 자기 세계를 가지고 계속 노력해 주기를 바란다. 눈 뜨면 치솟는 집값에 높은 물가, 사교육비 등 남편의 수입만으로는 감당하기 어려운 경제적 문제가 종래의 가족 구조에 변화를 가져온 것 같다. 이러한 가족 구조 변화에 경제력을 가진 아내의 위상도 높아진다. 이런 현상은 가족 구조와 남녀의 위상에까지 영향을 미쳐 의식세계도 바꾸어 놓는다.

여성의 사회 참여는 가계 안정을 위한 단순한 맞벌이의 방편이 아니라 지속적인 자기발전과 자아실현을 위한 인간적 욕구의 실천 행위이며, 여성 스스로 제자리를 찾으려는 노력의 일환이다. 여성에게 가정 내의 위치만을 지키라고 강요하는 구시대적인 여성관은 우리 젊은 시절로 마감하여야 한다. 여성의 성공과 빛나는 성과를 인정하며 자아실현을 위해 노력하는 그들에게 찬사와 격려의 말을 보내야 할 것이다.

B.P.W.(전문직여성한국연맹) 대구클럽이 창립된 지도 어언 30년이 흘렀다. 의사, 교수, 법무사, 디자이너, 변호사 등 30여 명의 전문직 여성이 회원이다. 이 클럽의 회원들은 다양

한 분야에서 전문직업인으로서 열심히 활동하고 있다. 개인과 사회가 안고 있는 여러 가지 문제를 발견하고 해결하고자 같이 힘을 모으기도 한다. 일하는 여성으로서 자긍심을 가지며, 나에게도 할 일이 있으며, 직업적 성취를 위해 무엇을 준비해야 하는가를 깨닫게 한다.

사회 활동에 자부심을 가지고 일하는 여성이지만, 항상 집안일을 제대로 못 한다는 자책감이 있다. 아내로서 또 엄마의 역할을 제대로 수행하지 못한다는 생각을 늘 머리와 가슴에 묻고 있기 때문이다. 아내가 비운 가정의 빈자리는 자신의 자아실현과 사회봉사 그리고 여학생의 미래지향적 삶의 진로를 지도하는 것으로 채워진다. 많은 어려움을 견디며 온 것은 후배 여성들이 전문직업을 선택하여 새 시대의 참신한 여성으로서 건전한 사회와 가정을 구현할 수 있는 여성지도자를 양성하는데 조금이라도 보탬이 될 수 있다는 사명감 때문이다.

한 달에 한 번 만나는 모임에서 개인사는 없고 자기 전문분야에서 얻은 경험을 나눈다. 후배 여성들의 길잡이가 될 이야기로 토론은 무성하고, 열기는 식을 줄 모른다. 몇 년 전부터 대구교육청의 지원과 영남대학교와 대구대학교의 강당과 기숙사를 후원받아 여고생 리더십 캠프를 진행하고 있다. 100여 명의 여학생을 대상으로 진로지도와 전문직업인 교육을 하면서 보람도 느끼고 다른 희망을 품기도 한다. 회원들의 노력과 헌신성이 바탕이 되어 많은 후배 여성들이 전문직업인으로서 가정과 사회를 밝히는 빛과 소금이 되리라 믿는다.

3부

미묘한 동반자

그림 감상

"그림은 어떻게 감상합니까? 그림에는 문외한이라서…."
화랑을 들어서는 사람 중에는 조금 멋쩍은 표정으로 이렇게
묻는 사람이 있다. 혹은 "저는 그림을 잘 모르는데, 이 그림
설명 좀 해 주시겠어요? 작가가 무엇을 말하려고 하는지 잘
몰라서"라며 이것저것 묻는 사람도 있다. 이런 질문을 하는
이들의 적극적인 태도가 마음에 든다. 적어도 그들은 그림에
한발 다가서려는 생각이 있는 사람이니까. 이런 질문을 들으
면 처음으로 화랑을 드나들 때 내 모습이 생각난다. 내가 호
응을 해주면 대화는 자연스럽게 이어진다.

　고흐는 왜 풍경을 짧은 선과 점으로 그렸고, 뭉크는 왜 사
람을 제대로 그리지 않고 흉측스럽고 무섭게 그렸을까. 더구
나 어린애 그림 같은 피카소의 그림은 왜 그토록 비싼 가격으

로 거래되고 있을까. 화가들은 왜 자연이나 대상을 그대로 그리지 않고 생략하고 변형하여 왜곡시킬까. 예술 장르 중 미술은 불규칙 예술이다. 그러니 일반인이 이해하기 어려운 것이 많을 수밖에 없다.

초보 시절에 어떤 화랑 주인에게 "동양의 수묵 산수화는 왜 강물을 몇 가닥의 선으로, 나무는 엉성하게, 바위는 시커멓게 그리나요? 그리고 빈 공간은 왜 이렇게 많습니까?"라고 물었더니 그는 단원 김홍도 선생의 얘기를 들려주었다. 어느 양반이 단원에게 산수화를 그려달라고 부탁을 했다. 몇 달이 지나서 그림이 완성되었다. 그림을 펼쳐 본 양반은 불만스런 표정을 짓더니 "산수를 그려달라고 했는데 어찌 산등성이에 나무 한 그루만 서 있고, 바위와 물은 흉내만 내었습니까?" 하고 볼멘소리를 했단다. 단원은 미소를 지으며 "그 산속에는 바람도 풀도 꽃도 있으며, 흉내만 낸 물속에는 고기도 가제도 물풀도 있는 것을 보지 못하십니까? 대감은 어찌 나더러 공기까지 그려 넣으라 하십니까?"라고 대답하였다.

화랑 주인이 들려준 이야기 속에 그림 감상법이 숨어 있다. 그림은 화폭에 그려진 사물을 육안肉眼으로만 볼 것이 아니라 상상력이 동반된 심안心眼으로 읽고 느껴야 한다는 사실을 깨우쳐주는 일화다. 인간은 육체적 기쁨이나 고통에 대해서는 상당히 민감하면서도 정신적·정서적 측면에서는 그렇지 못하다. 몸에 조금 이상이 생기면 곧 약을 사 먹거나 병원을 찾지만, 정신적 황폐와 메마른 정서를 치유하기 위해서 예술의 현장을 찾지는 않는다. 음악, 연극, 무용과 같은 공연 예술은 비싼 입장료를 내고 정해진 시간에 제한된 공간에서 펼쳐진다. 그런데 입장료도 없으며 언제나 자유롭게 출입할 수 있는 그림 전시장을 찾지 않는 이유는 무얼까.

소질이 없어서, 그림은 잘 몰라서 라는 것이 일반적인 이유다. 알려고 노력하면 어느 날 그림이 내 눈에 들어온다. 단지 그림을 잘 모른다는 이유만으로 예술의 세계를 체험하기 두려워하는 것은 어리석은 핑계에 불과하다. 큰 아파트, 화려한 의상, 명품 핸드백, 고급 승용차, 맛있는 음식 같은 의식주에 너무 집착하고, 물질을 좇아 소비하는 삶의 자세를 반성해보자. 예술작품을 통한 감성의 개발과 심미적 가치를 추구하는 일에는 인색한 것이 오늘날 우리의 의식 수준이다. 예술작품 속에 시대의 문제와 인간 삶에 대한 본질적 통찰이 있다. 작품을 통해 만나는 작가의 생각에서 삶의 의미와 가치를 찾을 수 있을 것이다.

가끔 어린 유치원생들이 화랑을 찾아온다. 모래밭에 풀어 놓은 병아리처럼 화랑 안을 이리저리 뛰어다니며 고사리 같은 손가락으로 그림을 가리키며 재잘거렸다. 무엇을 보았느냐고 물어보면 본 대로 느낀 대로 거침없이 말한다. 어른의 시선이 화폭의 그림에 머물러 있을 때 아이의 순수한 직관은 캔버스 뒤의 작가와 소통하고 있었다. 역시 어린이는 그림 앞에서도 천사였다.

우리나라의 미술교육도 문제다. 미술과 음악 시간에는 얼마나 많은 화가와 성악가를 만들려고 하는지 그림그리기와 노래부르기만 열심히 가르치고 그 기능만 단순 채점한다. 그러니 미술을 좋아하고 음악을 즐기던 학생은 실기의 낮은 점수에 실망하고, 졸업하면 아예 예술과는 담을 쌓고 산다. 예술이란 무엇이며, 우리 인생에 예술은 왜 필요하며, 인간에게 미치는 영향은 무엇인가. 그리고 작가의 예술적 삶이 우리에게 주는 교훈은 무엇인가. 이 작품은 어떻게 해서 명작이라고 할 수 있는가, 등을 학교에서 가르치고 배워야 한다.

예술과 예술가, 작품 감상에 대한 진지한 교육이 없었기 때문에 예술소비의 수요층이 빈약할 수밖에 없다. 예술가와 일상인이 돌아서듯이 예술과 생활도 돌아서는 악순환이 계속되는 것이다. 예술교육은 더 나은 삶을 위해 꼭 필요한 공부다. 부모와 아이가 함께 화집을 뒤적이며 서로 이야기를 나누는 가족의 모습을 상상해보자. 얼마나 아름다운 풍경인가. 아이에게는 심미안과 상상력을 키우는 데 유익한 시간이 될 것이다. 어릴 때의 시각적 체험은 평생을 따라다닌다. 그런 체험이 쌓여 삶이 더 풍요로워질 수 있을 텐데 말이다.

고백

부처님!

오늘 부처님께 합장하는 관음행의 자세와 마음은 전날과 다르옵니다. 아무리 떳떳하고 당당하게 말씀을 올리려 해도 기氣가 죽고 목소리가 잠깁니다. 드리려는 말씀이 변명과 같이 느껴지기에 더더욱 그러합니다. 그러나 부처님께 귀의해 살아온 세월이 내 삶의 전부였습니다. 저로서는 지금의 심정을 고백하지 않을 수 없습니다.

성서 공부를 열심히 하던 아들과 며느리가 오늘 만촌성당에서 영세를 받았습니다. 참된 신앙인이 될 것을 약속하는 성스럽고 엄숙한 자리였습니다. 시인인 박해수 선생과 부인이 대부 · 대모를 쾌히 승낙해 주서서 이들의 신앙생활에 더욱 견고한 버팀목이 되리라 믿습니다. 며느리는 저의 집으로 시집오기 전에 천주님을 믿었고, 중문학을 공부하기 위해 중국 유학을 가서 북경대학에서 정치학을 공부하던 아들을 만나 결혼하였습니다. 그러나 저의 집이 부처님을 믿는 마음이 지극하여 며느리는 성당에 다니는 것을 접어두었다고 했습니다.

부처님!

이번에 아들 내외가 영세를 받게 된 것은 며느리의 신앙도 그러하지만, 자기발전과 현실적인 이유가 있었습니다. 가톨릭 재단인 고등학교 중국어 교사로 부임을 결정하면서 아들 내외와 저, 셋이서 많은 생각과 고민을 했습니다. 종교를 바꾸는 것도 배신이며 변절이라고 생각하는 아들을 설득하여 천주님께로 보내는 데는 며느리와 저의 마음고생이 여간 심하지 않았습니다. 아들은 어미가 오직 부처님께 의지하고 힘들고 고독한 세월을 버티고 살아온 40년을 지켜보았기 때문일 것입니다.

부처님 가피加被의 묘력妙力으로 저희 가정에 무한한 복덕이 충만케 해 달라고 밤마다 합장하고 욕심스런 기도를 했습니다. 늦은 깨달음인지 염치가 없어서인지 이제 더는 달라는 것은 그만두고 감사의 기도를 한 지가 얼마 되지 않았습니다. 부처님이 주신 그 큰 은혜로 아들을 유학 보내 박사 학위를 취득하고 딸도 석사학위까지 무사히 마치게 되었습니다. 그리고 모두 출가하여 화목하고 건강한 가정을 꾸려 귀여운 손녀까지 보게 되었습니다. 지금까지 운영하는 화랑을 지켜나가게끔 돌보아주신 것은 모두 부처님의 은덕이라고 믿고 있습니다. 제 힘으로는 도저히 이룰 수 없는 벅찬 일이었습니다.

부처님!

아들과 며느리를 천주님께 보내 주시려고 가톨릭계 직장을 택하여 주셨다고 믿고 감사히 받아들이려 합니다. 천주님을 믿더라도 그동안 부처님한테 배운 계율을 잘 지키고 기도하도록 일러주었습니다. 부처님께 무엇을 배웠느냐, 고 천주님께 책망을 듣지 않도록 열심히 믿겠다고 약속했습니다. 영세 미사를 보는 동안 왜 그렇게 자꾸만 눈물이 흐르는지 천주님께 무척이나 민망했습니다. 속인이라 인간사에 빗대며 저 자신을 위로도 해보았습니다. 자식도 정성들여 가르쳐 키워놓으면, 저희 뜻을 세워 갈 길은 선택해 가지만, 부모는 잘 모시지 않습니까. 천주님 곁으로 비록 몸은 옮겨 가지만, 부처님의 가르침과 공경하는 마음은 변하지 않을 것입니다.

미사가 진행되는 동안 성당 안을 찬찬히 살펴보았습니다. 성당이란 공간과 신도들의 차림새가 법당 안의 풍경과는 너무나 달랐습니다. 고요하고 숙연한 분위기에 기도가 절로 우러나올 것 같았습니다. 예절을 갖추는 것은 별반 다른 것이 없다고 느꼈습니다. 제대祭臺 가운데에는 부처님처럼 그리스도의 십자고상이 있고, 그 옆자리에는 관세음보살님처럼 성모마리아님이 계셨습니다. 그리고 불교에서 염주로 기도하듯이 천주교에서는 묵주로 기도하고 있었습니다.

불교의 자비, 천주교의 사랑, 모두가 지혜로운 삶의 가르침이며 진실과 깨우침으로 영원한 자유인이 되라는 말씀일 것입니다. 맑고 밝은 영성靈性으로 어려운 사람을 도와 서로 화목하고 따뜻한 세상을 만들어가자는 말씀일 것으로 생각됩니다. 언젠가는 부처님과 천주님 곁으로 가겠지요. 그때는 유일신唯一神인 천주님과 스스로 깨달음을 가르쳐 주신 부처님과 함께 모두 가족이 되어 영원히 살아가게 될 것이라 믿습니다.

부처님!

오늘도 관세음보살님 앞에서 기쁨도 슬픔도 또한 잘못된 일이 있을지라도 뉘우쳐가며 늘 함께 하고 싶습니다. 아들 내외가 천주님 곁에서 인생을 올곧게 살아갈 수 있도록 관음행이 부처님께 기도하겠습니다. 아들과 며느리 둘이서 나란히 성경책을 들고 성당에 가는 모습이 다정하고 아름답게 보입니다. 관음행이 부처님께 차 한 잔 올리며 미혹한 중생임을 저 자신 스스로 인정하며 부처님의 자비 앞에 머리 숙여 고백합니다.

민화 호랑이

거레의 그림이라 부르는 민화를 보면 저절로 웃음이 나온
다. 이 웃음은 상대를 비하하고 경멸하는 마음에서 나오는 냉
소적인 웃음이 아니다. 진솔하고 정결한 마음을 싸안는 따뜻
한 사람의 웃음이다. 위엄을 갖추려하나 우스꽝스러운 모습
의 호랑이와 소나무 가지 위에 앉은 까치가 호랑이에게 무언
가를 이야기하는 모습은 긴장감이 없고 다정한 기운을 자아
낸다. 그런 해학과 순박함 뒤에는 인간적인 삶의 길흉화복과
관련한 상징성이 담겨있다. 호랑이는 어두운 기운을 쫓아내
는 복의 의미다. 백성들의 안녕을 기원하는 소박한 마음과 비
판의 언어가 은유적으로 숨어있다.

서구 문화의 물결을 타고 과학적 계산과 합리적 사유에 근
거한 조형방식이 우리 화단을 점령했다. 외래 문명과 함께 들

어온 현대화는 우리의 감성 세계를 허물고 흔들어 놓았다. 이런 시류 속에서도 우리 민화에 애정을 갖는 것은 나름의 이유가 있다. 민화는 백성의 생활과 정서가 꾸밈없이 표현된 그림이다. 또 가식이나 과장된 장식이 없이 솔직하고 정직한 마음씨가 담겨있어 나를 끌어당긴다. 언제 어디서 보아도 푸근함과 여유로움을 주는 민화는 귀하고 소중한 문화유산이다.

태양이 도시의 높은 건물 사이로 뜨겁게 내리쬐던 한적한 시간에 중년 여인이 그림 한 폭을 끼고 화랑에 찾아왔다. 허름한 겉모습은 숨은 속사정을 말하는 것 같았다. 가져온 그림은 그 사정의 해결 방편임을 금방 알 수 있었다. 그 여인이 펼친 것은 호랑이가 그려진 민화였다. 호랑이는 흑색과 황색의 줄무늬 털을 하고 있었다. 힘을 잔뜩 준 배와 하늘로 뻗어 올린 긴 꼬리, 포효하듯 불을 내뿜는 눈빛은 호랑이의 기상이 살아있는 듯한 수작이었다.

그녀는 남편 사업이 실패하여 아들 등록금을 마련하기 위해 화랑을 찾아왔다는 사정을 털어놓았다. 모르는 사람으로부터 그림을 구매한 적이 없었지만, 민화 호랑이 그림이 반가웠다. 더욱이 자식의 등록금 마련이라는 말에 가슴이 찡하게 울렸다. 내 삶에 있어서도 아이들의 교육이 첫째 목표였다. 아이들 등록금만 해결해 놓으면 걱정이 없었다. 나는 그녀의 사정을 듣고 동정심이 발동했다.

귀한 민화 호랑이가 송아당을 찾아와서 복을 가셔다줄 것 같은 마음으로 한 치의 의심도 없이 그림을 구매하였다. 여름, 가을, 겨울을 넘기며 호랑이 그림을 판매할 생각이 없어 두고 즐기며 아끼고 있었다. 그러던 어느 날, 내가 출타한 사이 일이 터졌다. 그 작품을 팔라고 내게 조르다가 거절당한 어느 화랑 사장이 직원이 거절했음에도 불구하고 수표를 건네고는 그 작품을 가져가 버렸다. 다시 그림을 찾아올 여력도 없었고, 그림은 주인이 따로 있다는 생각에 포기했다.

이듬해 겨울이 지날 무렵이었다. 화랑에 출근했더니 직원이 파랗게 질린 얼굴로 나를 맞았다. 형사 두 사람이 화랑을 찾아와서 내가 구매한 호랑이 작품이 도난당한 그림이라는 말과 함께 장부 일체를 압수해갔다는 것이다. 그러면서 화랑 주인인 내가 경찰서에 와서 조서를 꾸며야 하니 협조를 구한다고 말했다는 것이다. 그 말을 들은 나는 너무나 당황하고 놀랐다. 더욱이 형사가 남긴 명함에 새겨진 강력계란 인쇄글자에 머리는 하얗게 비고 다리가 후들거렸다.

생전 처음 가본 경찰서에서 커피 한 잔을 내놓은 형사는 집요하게 나를 심문하기 시작했다. 그림의 제작 연도가 400년이나 되었고, 시세가 500만 원을 호가하는데, 싼값으로 구매한 경위를 물었다. 그리고는 무쇠 칼 두 자루를 내 앞으로 내밀었다. 여인이 아들을 시켜 자기 오빠 집에 침범하여 외숙모

110

를 칼로 위협하고 호랑이 그림을 훔쳤다는 사실을 일러주었다. 여인과의 대질심문과 진술서 작성을 마쳤다. 여인의 자필 영수증과 화랑 개관 2년의 경험 부족, 신분상 이상 없음이 확인된 후 경찰서를 나올 수 있었다. 실수였으니 안심하고 조용히 있으라는 형사의 마지막 말은 그나마 큰 위안이 되어주었다.

6개월이 지난 뒤 사건은 마무리되었다. 미술대학 교수와 박물관장의 감정 결과 제작 연도가 400 년이 아닌 50 년 정도 된 작품이라는 결론이 났다. 그리고 그림의 주인이 어느 표구사에서 30만원에 구매한 것을 500만 원에 구매했다고 여동생에게 자랑삼아 말한 것이 화근이었다. 그림값과 제작연도가 엄청나게 부풀려졌다는 허위사실이 밝혀졌다.

이 사건은 그림을 감상하고 즐기는 것에 그치지 않고 그림 가격에만 눈이 어두웠던 오빠와 가난에 시달리다 못해 그림을 훔쳐 큰돈을 마련하고자 했던 여동생의 비극적 관계가 낳은 희극이었다. 그림은 다시 주인을 찾아 그 여인의 오빠 집으로 돌아갔다. 나도 민화 호랑이에 홀려 마음고생을 많이 했다. 그 호랑이 그림은 아직도 그 집 벽에 걸려 있을까. 지금도 호랑이 그림이 눈에 삼삼하다. 작품의 연대를 떠나서 너무도 갖고 싶었던 그림이었다. 호랑이가 복을 안겨줄 것이라는 기대는 내게 그림을 대하는 깨달음을 안겨주었다.

미묘한 동반자

자식의 장래 희망이 화가라면 선뜻 찬성할 부모가 몇이나 될까. 현재 우리나라의 미술대학에서 화가 지망생이 일 년에 수백 명씩 배출되고 있다. 하지만 그들 모두가 화가로 인정받는 것은 아니다. 그림은 누구나 그릴 수는 있지만, 아무나 화가가 되는 것은 아니기 때문이다. 여러 공모전의 심사를 거쳐야 하고, 개인전을 열어 전문가나 관객에게 평가를 받아야 하고, 화랑에서 판매가 이루어질 때 비로소 화가로서 위상을 갖게 된다.

문화계에서 스타가 된다는 것은 무척 어려운 일이다. 유명 작가의 반열에 오르면 명성과 부를 얻을 수도 있다. 하지만 유명 작가가 되기까지는 불확실한 미래와 고통스러운 현실을 담보로 뼈를 깎는 노력을 해야 한다. 문화예술 분야는 타고난 재능과 노력, 환경과 시대의 운이 맞아야 가능하다. 유명 예술인이 화려한 현실을 누릴 때 어둠 속에서 예술의 꽃을 피우기 위해 노력하는 무명의 예술인도 많다.

예술 활동은 범속한 사람에게는 불가능한 즉 하늘이 내린 재주와 능력을 갖춘 천재가 가는 길이다. 예술 천재는 뛰어난 감각과 풍부한 상상력을 타고난 사람이다. 그래서 평범한 재능을 가진 사람이 예술가로 이름을 얻고 일상을 꾸려가는 것은 무척 어려운 일이다. 화가가 개인전을 열 때마다 자신이 전시장에 발가벗고 서 있는 기분이라고 한다. 화가의 작업은 스포츠나 공연예술처럼 여러 사람이 함께 하는 작업이 아니다. 전적으로 화가 개인의 작업으로 자신이 모든 것을 책임져야 하고, 비평가와 애호가의 날카롭고 차가운 시선도 혼자서 감내해야 한다.

오랜 산고 끝에 완성된 작품을 화랑에 내놓으면 작품은 이제 화가에게서 떠난 문화상품으로 모습이 바뀐다. 화랑 경영주는 애호가에게 작품의 예술적 가치를 어떻게 이해시키고 또 판매하여야 하는가를 고민하게 된다. 작품의 주제는 무엇이며, 그 표현을 위한 구도와 색채, 재료는 어떠한가. 혹은 작품의 예술적 가치에 대한 판매가격은 어떻게 책정하여야 하는가, 등에 대한 것은 화랑 주인의 몫이다. 화랑이 원하는 작품을 화가가 제작할 수 없으며, 화가가 원하는 가격을 화랑이 만족하게 줄 수 없으므로 화가와 화랑은 미묘한 동반자 관계에 놓여 있다. 화랑 경영주는 심미안을 높이기 위해 작가 못지않게 공부를 해야 한다. 그리고 화랑을 찾는 고객의 개인적 취향을 꼼꼼히 살피고 기억해야 한다.

화랑은 생산자인 화가와 수요자인 애호가 사이를 연결하는 가교와 같은 존재다. 작가에게는 훌륭한 작품을 창작할 수 있도록 물질적인 뒷받침을 해주고, 애호가에게는 좋은 작품을 제공해야 한다. 예술작품을 통해 아름다움과 정신적 풍요를 느끼도록 하는 책무를 스스로 떠안게 된다. 예술성과 경제성의 논리에서 벗어나지 못한 것이 화랑 운영의 현실이다. 화랑은 그림을 사이에 두고 화가와 애호가가 만나는 공간이다. 작가의 작품을 전시하고 고객을 초대하여 판매의 고리를 만들기 위해 화랑이 탄생했다. 그림과 사람과의 만남은 특별하다. 그래서 화랑은 심미안을 가진 사람에게는 안일과 행복을 느끼는 공간으로 다가간다. 그림과 사람의 향기가 어우러진 화랑은 내게도 삶의 보람과 희열을 만끽할 수 있는 소중한 터전이자 직장이다.

초대전을 마련하면 화가를 만나고 얘기를 나눌 기회가 주어진다. 그들은 '무엇을 보고 그것을 어떻게 해석하며, 또 그것을 어떻게 이미지화하여 표현해야 할 것인가'에 대하여 고민하고 방황하는 모습을 보게 된다. 창작과정에 따르는 고뇌도 있지만, 전업화가로서 살아가기에는 현실이 너무나 각박하다. 예술을 생활의 수단으로 삼느냐, 아니면 인생의 목표로 삼느냐의 갈등이 그들이 힘들어하는 가장 심각한 문제다.

세상과 단절한 채 화실에서 붓 한 자루에 의지해 물감 냄새를 맡으며 밤새워 작업하는 화가는 새로운 언어를 찾아 나서는 고독한 탐험가다. 고통 속에서 찾아낸 그들의 새로운 언어가 예술적으로 높이 평가되고 대우받는 경우는 극히 드물다. 이럴 때 예술가는 무너지는 자기 자존에 실망하고 눈앞의 현실에 절망한다. 창작품은 참혹한 고통과 절대의 고독 속에서 탄생한다. 절망에 시달린 고흐가 그러하였고, 이중섭과 프리다 칼로가 그러하였다.

오늘날 그들의 그림 값은 천문학적 값을 호가한다. 진실과 가치는 역사가 밝혀주고 증언하는가 보다. 그렇지만 부르주아 계급의 취향에 야합하여 변화를 거부하고 복사하듯 작품을 생산하여 물질적 욕구를 충족하는 상업주의 작가들 또한 미술계 한쪽을 차지하고 있다. 화가란 이름의 두 가지 얼굴 중 어느 것이 진정한 예술가의 얼굴인가를 증언하고 예술을 오도하는 상업주의 작가를 감시하고 경계하는 것이 화랑의 임무이기도 하다. 화가와 화랑은 예술시장의 험난한 길을 함께 가는 동반자다.

화가의 생활 수단인 작품 관리와 명예를 지켜 주어야 할 책임 또한 화랑에 있다. 어디까지인지 확실한 선은 없지만, 화랑이 작품 유통 과정을 일직선으로 지켜주어야 고객 또한 믿고 작품을 구매할 것이다. 그림은 우리 인간보다 오래도록 문화의 역사로 남게 된다. 흔히 그림을 벽에 걸어놓고 돈을 걸어 놓았다는 말을 한다. 후손이 그림을 사랑하고 아끼며 소장을 한다면 다행한 일이지만, 그렇지 않으면 다시 유통 시장인 화랑에서 새로운 애호가를 찾게 된다. 그러기에 작품 수준이나 가격 또한 들쭉날쭉해서는 안 된다. 어느 고객한테도 작품 수준이나 가격은 일정해야 한다.

대구화단의 원로였던 고故 정점식 선생이 하신 말씀은 오래 기억에 남는다. "화가는 작품을 하면서 소재에 맞는 좋은 물감과 탄탄한 기법으로 그려야 하며, 맑은 정신으로 아름답게 영원히 남아있을 보물을 만들 각오로 작품을 완성해야 한다. 그렇게 해야 애호가의 사랑을 받게 되지만, 그렇지 않으면 잘 키운 딸이 시집을 가서 사랑을 받지 못하고 돌아오는 꼴이 된다. 그렇게 되면 그때부터 이집 저집을 전전하며 살아가는 미술품에 지나지 않는다." 화랑주는 작품을 보는 안목을 키워 좋은 작가를 선택하여 고객을 실망하게 하는 일은 하지 말아야 한다며 내게 일러준 말이다.

작품은 작가의 손을 떠나면 화랑의 소장품이 된다. 애호가의 손에 넘어가면 몇 번을 다시 돌아와도 작가에게 돌아가지 못하고 화랑의 책임이 된다. 그러므로 작가와 화랑 고객 모두가 동반자라 할 수 있다. 그 동반자의 길을 송아당은 잘 지켜왔는지, 가슴 깊이 새겨 보아야 할 일이다. 화랑 경영에는 적잖은 회한이 남아있다. 내가 가지고 싶은 작품은 매우 많았다. 그러나 화랑 사정에 의해 만지지도 못한 작품이 얼마나 많았던가. 송아당에 대하여 서운한 감정이 있는 작가도 많을 터이다. 그들을 다 만족하게 할 힘이 내게는 없었다. 이런 점을 상기하면 동반자란 말이 부끄러울 따름이다.

그동안 내 손을 거쳐 나간 적지 않은 작품을 눈을 감고 회상해 본다. 어느 작가의 작품이 어느 애호가에게 있으며, 얼마에 양도 되었다는 것이 필름처럼 내 머리에 남아있다. 세월이 흐를수록 기억이 가물거려도 화랑 일만은 또렷하게 되살아난다. 해마다 쏟아져 나오는 미술전공자와 늘어만 가는 화랑들이 동반자의 개념으로 아름답고 깨끗한 미술문화를 책임지고 만들어가야 할 것이다.

지음과 같은 벗

"有朋이 自遠方來하면 不亦樂乎아" 벗이 멀리서 스스로 찾아온다면 어찌 즐겁지 아니한가. 이 글은 논어의 군자삼락 君子三樂 중에 나오는 한 대목이다. 여기서 말하는 벗이란 일생을 살아가면서 생각과 뜻을 같이 할 수 있는 사람을 일컫는 말일 터이다. 그래서 예나 지금이나 벗이란 부모 형제와 같이 소중하다. 공자님이 말씀하신 붕朋이란 어떤 사람을 말할까. 아마도 벗을 생각하며 먼 길을 기꺼이 찾아와 술잔을 나누고, 시문詩文을 지으며 정서를 공유하고, 선비로서 뜻을 같이 하는 그런 벗일 것이다. 멀리서 찾아온 벗을 반겨 맞으라는 예법이며, 진정한 한 명의 벗이 인생의 큰 자산임을 가르쳐주는 구절이다.

내게도 이런 벗이 하나 있다. 철이 들면서부터 지금까지 가까이 있어도 멀리 있어도 마음자리에서 멀어진 적이 없는 벗이다. 인물과 지식과 재물이 뛰어나서가 아니다. 세월이 만들어준 벗이다. 모양도 색깔도 같은 옷을 입고 둘이 찍은 사진을 보며 지난 세월을 반추해본다. 둘이 친자매같이 잘 어울린다는 말을 자주 듣기도 했다. 우리 둘이는 많이 닮았다는 말을 심심찮게 들으며 살아왔다.

전화도 흔하지 않던 시절, 친구가 부모를 따라 서울로 훌쩍 이사를 가버렸다. 그때 내가 느낀 상실감은 지금까지도 생생하게 남아 있다. 늘 같이 시간을 보내던 친구가 멀리 떠나간다니 갑자기 가슴 한가운데로 찬바람이 휑하니 지나갔다. 다시 볼 수 없다는 사실보다 서울로 이사 간다는 것이 더 부러웠는지도 모르겠다. 다행히 친구와 나의 인연은 계속 이어졌다.

빨간 우체통만 바라보면서 친구의 편지를 기다렸다. 행여 우리의 우정이 끊어질세라 노심초사하면서 편지를 주고받던 시절도 있었다. 세월이 좋아져서 언제 어디서든 전화기만 들면 목소리를 들을 수 있다. 여차하면 KTX 열차를 타고 서울로 가 얼굴을 마주 보고 밤새 밀린 이야기를 나누기도 한다. 대구와 서울 사이의 물리적 거리는 역설적으로 서로를 더 애틋하게 갈구하게 했다. 참으로 오랜 세월 우정의 끈이 이어져왔다. 어쩌면 전생에 특별한 인연이었던 듯싶다.

친구는 부모 형제처럼 내게는 소중한 존재다. 피붙이보다 더 진한 정과 마음을 나누며 살아온 세월이 소중하고 아름답다. 우리는 거울처럼 마주 보면서 고난과 기쁨의 세월에 동행했다. 어느 한 시절 우리에게 닥친 시련은 서로의 존재를 더 강렬하게 느끼게 해주었다. 병마도 우리를 갈라놓지는 못했다. 시련이 닥칠수록 그에 비례하여 우리의 우정은 더 깊어졌다. 어쨌든 그 친구는 자궁암을, 나는 유방암을 다 이겨냈다.

무남독녀로 태어난 친구는 항상 외로움을 가슴에 담고 살았다. 그와 나는 영화도 즐겨 보고, 차도 같이 마시며, 찻잔 같은 도자기 그릇도 같이 좋아한다. 화랑을 경영하는 나를 좇아 친구의 집에는 벽마다 그림이 걸려있다. 친구의 복인지 남편과 아들, 손자 손녀들 속에서 큰 어려움 없이 살아왔다. 내가 볼일이 있어 서울에 가면 아들네 딸네 다 두고 친구 집에서 여러 날을 보낸다. 친구가 대구에 내려와도 마찬가지다. 좋은 음식이 있어도, 마음에 드는 옷이 있어도 우리는 같이 나누고 싶어한다.

슬하의 자식들을 다 떠나보낸 후 둘이서 자주 여행을 떠난다. 남해로 동해로 다니며 파도 소리를 들으면서 떠나보낸 세월을 다시 불러오기도 한다. 신세타령도 하며 웃다가 울다가 다투기도 한다. 한평생 살아오면서 서로의 손을 잡아주면서 함께했기에 어쩌면 자식보다 더 살가운 존재인지도 모른다.

내가 그 지난하고 힘든 세월의 강을 혼자서 건너올 때 친구는 내 마음의 위안처였다. 친구가 없었더라면 그 시린 세월을 어찌 건너왔을까.

친구의 건강에 자꾸만 적신호가 온다. 그럴 때마다 내 가슴은 덜컹덜컹 내려앉는다. 불안하고 초조해진다. 나이가 들수록 번잡한 서울보다 옛 고향 대구가 자꾸 그리워진다고 한다. 그리움이 차오르면 예고도 없이 내 집을 찾아오기도 한다. 그야말로 "有朋이 自遠方來하면 不亦樂乎아"가 아닌가. 우리는 둘 만의 꿈을 가슴에 품고 있다. 화랑을 그만두면 둘이서 바랑 하나 걸머지고 전국의 명사찰 순례를 떠나자고 약속했다. 우리의 약속이 지켜질 수 있기를 나는 부처님께 기도한다.

첫 전시

1982년은 송아당 화랑의 전환기였다. 고서화古書畵만을 판매하던 화랑에서 현대미술로 전환을 시도하며 참신한 작품으로 고객의 취향과 시대적 흐름을 알리겠다고 다짐했다. 광주의 문인 화가인 행보 선생의 초대전을 기획하였다. 그 전시가 미술품 판매상이 아닌 화랑으로서의 걸음을 내디딘 첫 전시였다. 현존 작가의 전시가 거의 없을 무렵이라 나로서는 무모한 도전이었다. 작가를 초대하는 첫 기획 전시인지라 고민하지 않을 수 없었다.

행보 선생은 우리나라 문인화의 대가인 의제毅薺 허백련 선생의 생질이면서 제자다. 선생은 의제의 정신과 광주를 지키려는 작가 정신이 투철한 작가였다. 대구에서 하는 첫 초대전이었지만, 작가의 대담성과 자신감으로 나의 제안에 흔쾌히 승낙했다. 그 전시가 최초로 영호남 교류의 길을 이어주는 의미 있는 전시가 될 것이라 믿었다.

선생을 만나기 위해 광주를 찾았다. 대구에서 광주까지 세 시간 반이나 걸리는 머나먼 여정이었다. 광주는 조용하고 발전이 느린 지방 도시였다. 선생의 계림동 집은 넓은 마당에 감나무가 한 그루 있었고, 기역 자로 지은 한옥이었다. 집안으로 들어서자 내 집과 같은 친숙함이 느껴졌다. 한복을 곱게 차려입으신 선생의 노모가 문인화의 대를 이어 갈 수 있도록 힘이 되어 주었음을 알 수 있었다.

화실에 들어서니 묵향이 그득했다. 작가와 차를 나누며 선생의 작품과 예술혼에 점점 빠져들었다. 꾸밈없는 전라도 사투리로 선생 자신이 추구하는 작품세계와 광주의 정신을 담담하게 들려주었다. 한학을 공부한 선생은 선비 정신이 몸에 밴 사람이었다. 전시 날짜와 지켜야 할 상호 간의 약속을 계약서가 아닌 구두로 끝내고 돌아왔다. 그만큼 선생의 인품은 소박하고도 넉넉했다.

전시 개막날, 화랑 벽면에 스승인 의제 선생의 풍경화를 모방한 작품을 내걸었다. 스승을 추모하는 깊은 뜻이 담겨 있다는 것을 아는 손님들이 후세의 본보기가 되는 스승과 제자라며 칭송을 했다. 풍경의 소재를 남도의 명산으로 선택한 것도 스승과 고향을 소중히 하는 작가의 정신을 엿볼 수 있다며 애호가들의 시선을 끌었다. 먹으로 사군자만 하던 작가가 담채를 섞은 풍경화를 시도한 새로운 작품을 선보이는 자리였다.

행보 선생의 야심에 찬 준비로 다행히 찾아주는 고객이 많았다. 이 전시가 선생도 사군자만 하던 기존의 틀에서 벗어난 과감한 시도였고, 시대의 흐름을 읽은 선생의 혜안이었다. 작품 30점을 매진하고 병풍 몇 틀을 더 주문받았다. 첫 초대전을 성공적으로 마치고 나니 혼자서 초대전을 해냈다는 자부심과 뿌듯함이 가슴 가득 차올랐다. 무엇보다 그 초대전을 계기로 화랑 운영에 자신감이 생겼다.

행보 선생의 초대전을 성황리에 마쳤다는 소식을 들은 광주의 지인과 작가들은 지대한 관심을 보였다. 다른 곳도 아닌 대구에서 광주 작가의 초대전을 열어 작품 판매도 매진했다니 놀라운 일이라며 환호를 보냈다. 얼마 후 행보 선생이 나를 광주로 초대했다. 선생과 지인들은 초대전 성공에 대한 찬사와 함께 극진한 예우로 나를 환영해주었다. 행보 선생 전시를 기회로 여러 번 광주에 가서 화랑가를 돌아볼 수 있었다. 그러면서 소치를 비롯해 남농의 작품, 호남 화단의 작품을 마음껏 감상하고 즐겼다. 광주의 화랑은 한국 문인화의 전통을 지키고 이어간다는 자부심이 대단했다.

행보 선생의 첫 전시를 통해 화랑 경영에 대한 자신감도 가질 수 있었지만, 내 시야도 넓힐 수 있었다. 대구와 고서화라

는 좁은 시야에서 벗어나 더 넓은 세계로 향하는 기회이기도
했다. 광주의 작가와 예술 세계를 접하면서 대구 예술의 정체
성을 확인하는 예상치 못한 성과를 얻었다. 광주는 예술의 도
시가 아닌 예술을 하는 사람들을 지원하고 사랑하는 예향의
고장이었다. 대구에도 유능한 작가를 기르는 미술대학이 많
으며, 작가들의 뛰어난 예술적 감성과 열정, 작품 수위가 광
주보다 절대 뒤지지 않는다. 대구 고객들의 작품 보는 안목도
매우 높다. 이러한 토대 위에 대구도 예술의 도시로 거듭나게
될 것이라 믿는다.

작가와 고객 사이

　1983년 후반에 지역의 미술대학 교수들 작품으로 초대전을 기획하였다. 1부는 동양화, 2부는 서양화로 대구의 4개 대학 교수들이 참여했다. 인사를 하고 지내는 교수는 한 두 사람뿐이라 일일이 찾아가서 초대전의 목적을 설명해야 했다. '동향일품'이란 전시명으로 초대한 것은 이분들이야말로 대구를 지키며 대구의 미술문화를 이끄는 주역이었기 때문이다. 그들이 길러낸 많은 제자들이 유명 작가로 활동하고 있다. 나의 제안에 초대전을 흔쾌히 승낙해 주었고, 언론에서도 크게 보도해 주었으나 합동전시라 힘이 들었다.

　전시회가 열리면 화랑주인은 작품판매라는 현실과 마주친다. 화랑과 작가와 고객이 얽어놓은 거미줄은 돈이란 매체로 구체화된다. 그때까지 익숙한 고서화와 문인화에 대한 취향

때문에 추상작품의 생소함은 작품판매에 큰 걸림돌이었다. 전통을 벗어난 현대 수묵화와 이해불능의 추상회화에 대한 고객의 가격산정은 커다란 복병처럼 다가왔다. 작가와 고객, 화랑 주인 모두에게 서로 좁히지 못한 간극은 예상치 못한 어려움이었다. 새로운 난관 앞에서 비틀거렸다. 그러나 이번 기회를 잘 넘겨야한다는 의지와 지혜로 위기를 무사히 넘겼다.

고객과 작가는 작품을 두고 각기 다른 생각을 갖고 있다. 어떤 고객은 화랑 운영에 경험이 부족하여 작가와의 원활한 협의가 없어 가격 조정이 잘못되었다고 탓을 했다. 이런 식으로 해서는 일 년도 더 화랑을 운영할 수 없을 거라고 엄포를 놓기도 한다. 이런 고객은 대체로 작품의 예술성과 관계없이 현물가치로만 작품을 판단하며 축재의 수단으로 생각하는 사람이다. 한편 작가에게 있어 작품은 캔버스와 물감과 액자로 만든 물건이 아니다. 일생을 살아오면서 시대와 인간과 자연에서 보고 느끼고 생각한 것을 미적으로 형상화한 예술품이다.

이런 작가와 고객의 생각 차이를 보여주는 생생한 사건이 떠오른다. 손일봉 선생은 명성과 연세가 높아 지역에서 작품의 호당 가격이 8만 원으로 가장 높았다. 어느 고객이 선생의 작품을 구입하고자 하니 가격을 다시 조정해 달라고 간청했다. 10호 작품에 80만 원은 너무 비싸다며 40만 원을 주겠으니 6호 사이즈로 정물을 그려달라는 주문이었다. 이 말을 들은 선생께서는 "그 돈으로 시장에 가서 접시와 사과를 사서 문갑 위에 올려놓고 감상하면 돈이 많이 남을 거요." 라며 웃어넘기셨다. 작품판매를 하지 않던 시절이라 주문받아서 그림을 그리지 않겠다는 작가로서의 깊은 뜻이었다.

좌중에 있던 작가들도 선생의 비유와 작가적 양식에 동의하듯 고개를 끄덕였다. 그 고객은 작품을 갖지 못하고, 다른 고객이 정해진 가격으로 그 작품을 구매해 갔다. 이 전시를 끝으로 이듬해에 선생은 갑자기 세상을 떠났다. 그로부터 10여 년이 지난 어느 날, 그 작품을 구매한 고객이 다시 화랑을 찾아왔다. 고매한 인격과 예술가적 양식을 갖춘 선생을 만난 듯 너무나 반가웠다. 자기가 구매한 선생의 10호 작품을 화랑이 구입해 달라며 의사를 물어왔다. 작고 작가의 귀한 그림이라 300만 원을 주고 재구매하여 다시 주인을 찾아 주었다.

마음에 드는 그림을 눈앞의 계산 때문에 갖지 못하는 것은 마음에 드는 작품을 외면 한 것과 다를 바가 없다. 마음에 드는 그림을 정가로 구매한 사람은 10년 동안 좋은 그림을 즐기고, 80만 원을 300만 원으로 증액시켰으니 얼마나 현명한 선택이었는가. 그때 선생의 비유가 전설처럼 내려와 지금 젊은 작가들도 작품이 비싸다는 말만 나오면 비슷한 말로 웃음을 자아낸다. 결국, 현자는 눈앞의 계산보다 자기 마음을 더 중하게 여긴다는 것을 남겨주었다.

화랑을 연지 어느덧 30년이란 세월이 지났다. 그동안 세월을 비켜 가지 못한 작가가 여럿 있었다. 젊디젊었던 교수도 대학에서 정년을 앞두고 작가로서 무르익은 작품 활동에 열정을 바치고 있다. 많은 애호가들이 그림을 사랑하는 마음이 없었다면 미술시장이 활성화되지 않았을 것이다. 미술시장이 무너지면 대학도 작가를 양성하기가 어려울 것이다. 지난 2011년에는 대구미술관도 개관했다. 미술문화를 사랑하는 애호가들의 믿음 아래 화랑도 많이 성장했다. 작가와 고객, 화랑은 서로 협력하며 아름다운 미술문화의 역사를 만들어 갈 것이다.

컬렉터가 되는 길

컬렉터란 그림이나 골동품 또는 여러 종류의 애장품을 수집하여 즐기는 사람을 일컫는 말이다. 수집은 거창한 재벌가나 사회적 명예를 누리는 사람만이 뜻을 세워 시작되는 것이 아니다. 무엇보다 작품에 대한 사랑과 애착을 바탕으로 꾸준히 수집하여야 한다. 세월이 가고 계절이 바뀌듯이 시대적으로 자연스럽게 관심을 가지고 지켜보는 것이 컬렉터가 되는 지름길이다. 컬렉터는 투자를 목적으로 시작하는 것이 아니다. 물건의 예술적인 가치를 인정하고 그것을 만든 예술인의 개성과 정신세계를 아름답게 느끼는 데서 시작한다. 자신이 애정을 가진 대상을 통해 자연스럽게 감동을 만난다. 즉, 내 심상의 밑바닥에 깔린 예술적인 충동을 불러일으키는 작품을 만났을 때 구매욕을 일으키게 된다. 그러기까지는 많은 작품을 감상하러 박물관이나 미술관 또는 상설 화랑과 전시장을 찾아야 한다. 물론 가장 중요한 경제적인 뒷받침이 있어야 가능하다. 그러나 대부분의 컬렉터는 살아가는데 필수적인 것을 제외하고 나머지 경제력으로 작품구입에 열정을 쏟는다.

간송 전형필 선생은 선대로부터 물려받은 땅을 처분해서 문화재급 작품을 사 모았다. 우리의 소중한 문화재가 외국으로 팔려가는 것을 안타깝게 여기고 선생의 재산을 모두 고미술품 수집에 바쳤다고 한다. 그 결과는 엄청나다. 그가 모은 문화재는 단순히 개인 소장품에 그치지 않고 간송미술관을 설립하여 온 국민이 공유할 수 있는 문화유산으로 남겼다. 그러나 반드시 문화재가 될 수 있는 것만이 수집의 가치가 있는 것은 아니다. 컬렉터가 되어 있을 때는 이미 수년이란 세월이 흘렀고, 작품 수를 합치면 투자한 돈이 꽤 많은 액수에 이르게 된다. 그러는 동안 계절과 분위기에 맞추어 안방의 벽면이나 거실 벽에 걸어놓고 온 가족이 감상한다. 사랑하는 분신과도 같은 작품은 쏟은 열정만큼 가정을 따뜻하게 하고, 그로 인해 정서가 충만한 생활을 하게 된다.

내 집을 방문한 손님도 자연스럽게 그림이나 고미술품에 눈길을 주게 된다. 그러면서 스스로 품위 있는 컬렉터를 만들어간다. 풍류를 즐기던 옛 선인의 작품에서 우러나는 감동과 여유를 배우게 되며, 가족에게 미술품의 역사나 지식을 자연스럽게 익히게 하는 동기가 되기도 한다. 그러면서 미술품을 보관하는 멋과 가치를 알게 되고 컬렉터로 거듭나게 된다. 미술품을 수집하면서 문화를 사랑할 줄 아는 심성이 생겨 아름답고 품위 있는 삶을 누리게 된다.

컬렉터가 되기까지 몇 가지 지켜야 할 사항이 있다. 어떤 기준으로 작품을 선정해야 비교적 저렴한 가격으로 수준급의 작품을 구입할 수 있을까, 하는 것이다. 예술은 곧 창작이라고 한다. 남의 그림을 모방해서 그리는 것을 작품이라 할수 있겠는가. 먼저 구입자의 자세가 올바른 정신이어야 한다. 다수의 컬렉터가 작가의 유명세에 대해 지나친 편견을 가지고 있다. 또 유명세를 타기 시작한 작가나 유명해진 작가의 작품에 대해서 상당히 무비판적이다. 그러다 보니 작품은 보이지 않고 작가의 이름만을 기준으로 작품을 구입하는 경우도 있다.

작가가 인정받고 유명해지려면 몇 가지 요인이 있다. 작품의 견고한 바탕과 색감은 기본이다. 그리고 철학이 담겨있는 구상과 작가적인 양심과 정신세계가 곁들인 작품이 인정을 받는다. 모든 작가의 작품이 모두가 최상의 수준급일 수는 없다. 유명 작가의 작품 중에 졸작도 있다. 지나치게 작가의 이름에만 의존하면 눈앞에 있는 좋은 작품을 놓쳐버리기 쉽다. 또한, 미술작품을 단순한 투자의 대상으로 생각하지 말아야 한다. 미술품에 대한 투자는 장기간의 투자와 더불어 미래에 대한 정확한 예측과 시기마다 형성되는 환경이 맞아야만 성공할 수 있다.

미술품 구매를 투자로 생각하다 보면 좋은 작품을 구입할 수 있는 가능성을 좁게 만들뿐이다. 또한, 미술 장르에 대한 편견을 버려야 한다. 최근에 와서 많은 인식의 전환을 보이고 있으나 그래도 다수의 의식 한편에는 여전히 편견이 자리하고 있다. 이러한 미술 장르에 대한 편견으로 인해 다양한 장르의 작품을 균형 있게 수집하지 못하고, 작품 선정에서 시야를 좁게 만든다. 시각을 넓게 가지기 위해서는 작품과 같이 있는 시간을 많이 가져야 할 것이다. 바쁜 생활 속에서 미술품을 사랑하면 훨씬 행복한 일상을 만들어 갈 수 있다. 시간을 짜두었다가 틈틈이 전시장을 찾는 것도 좋은 방법이다. 미술품에 대한 안목은 하루아침에 생기는 것이 아니다. 오랜 세월을 비교, 수집하는 과정에서 자신만의 기준과 안목이 생긴다. 그러는 가운데 작품을 좋아하게 되는 이유도 늘어나게 된다.

미술의 이해를 돕는 미술전문서적과 화랑에서 구할 수 있는 전시 팸플릿에 미술평론가의 비평이 실려 있다. 미술품 구입할 때 참고로 하면 든든한 지침서가 될 수 있다. 이런 정보를 꼼꼼히 읽다 보면 수집에 대한 전문가적인 안목을 키울 수 있을 것이다. 또한, 참신한 화랑을 찾아 화랑주인의 조언을 얻어 마음에 드는 작품이 있다면 구입하면 된다. 점차로 자신의 취향과 안목에 자신감을 가지게 되며 작품의 멋도 느끼게 된다. 좋은 작품은 초보자의 가슴에도 감동을 준다. 모든 작가는 작품을 제작할 때 특히 비구상 작품은 작가 나름대로 의도한 바가 있을 것이다. 그런 작품은 작가가 감상자의 느낌이나 상상을 참견할 수 없기에 감상자는 더 많은 자유를 누릴 수 있다.

구입한 작품을 후손에게 물려주려면 작품이 변질되지 않게 잘 보관하여야 한다. 통풍이 잘되는 곳에서 습기를 방지해야 하며 때가 묻지 않게 보관하여야 한다. 이 외에도 컬렉터가 되는 많은 방법이 있겠지만, 이상의 것만 인지해도 나름대로 안목과 기준을 만들 수 있다. 기본적인 지식만 익혀도 어렵지 않게 미술작품을 구입하고 즐기며 우리의 미술문화를 발전시키고 보존하는데 크나큰 기여를 할 수 있다. 미술품은 절대로 허영과 사치가 아니다. 경제적인 사정은 미술품 구입을 위해 스스로 기회를 만드는 과정을 통해서 가능하게 된다. 그러다 보면 이미 자신이 미술품의 컬렉터가 되어 있음을 발견할 수 있을 것이다.

조춘早春

베란다의 창문을 열어 회색빛 하늘을 쳐다본다. 봄을 재촉하는 마음이 자꾸만 다급해진다. 앙증스럽게 피어서 아침저녁 벗이 되어 마음을 즐겁게 해주던 꽃들이 자연의 섭리에 따라 다 저버렸다. 빛바랜 화분들이 옹기종기 봄을 기다리고 있다. 어쩌면 화초들이 나보다 더 봄을 기다릴지도 모른다.

칩거의 계절을 보내고 2월이 왔지만, 봄이 오려면 아직도 멀었다. 밖에서 들어오는 한기를 막아주던 커튼을 열어젖힌다. 공단 천으로 만든 다포茶怖도 걷어내고 갑사로 꾸민 화사한 것으로 바꾸어 본다. 그래도 아직은 나 혼자만의 몸부림이다. 앙상한 나뭇가지 위에 소복이 쌓인 눈이 겨울이라는 것을 일깨운다. 조바심을 내지 않아도 봄은 오련만, 올해의 봄은 왜 이리도 기다려질까.

내 마음을 짐작이라도 한 듯 문학회 회원인 이 선생이 매화 가지를 한 아름을 안고 왔다. 매실 농원을 하는 그는 전지를 했다며 화랑에 꽂아두면 그림과 함께 향기가 날 것이라고 말했다. 먼 곳에서 화랑까지 가져다주었다. 나눔과 배려의 마음에 훈기가 감돈다. 쓸쓸한 내 집 마루에도 봄을 들이고 싶었다. 매화 가지를 안고 서둘러 퇴근을 했다.

이른 봄 움이 채 트지도 않은 매화 가지를 한 아름씩 꽂아두던 둥근 항아리를 찾았다. 베란다의 봄꽃과 화분에 밀려 깊숙한 곳에 밀쳐둔 지 오래다. 마치 객지에 나간 자식을 기다리는 어머니처럼 항아리는 묵묵히 그 자리에 있었다. 먼지를 털어내고 맑은 물로 깨끗하게 닦아주면서 새삼 미안한 마음으로 몇 번을 쓰다듬어 주었다. 매화 가지를 한 아름 푹 꽂아주니 투박한 갈색 항아리와 어울려 멋스럽기가 한량없다.

내 집 마루에는 해묵은 자개 문갑이 있다. 문갑 위 벽면에는 소치 선생의 작품이 걸려 있다. 용트림하듯 울퉁불퉁 힘이 솟아 보이는 고목에 만개한 매화 그림이다. 화랑을 개관하고 5년이 되던 해 경주에 있는 고서화를 무척이나 좋아하고 아끼시던 어느 할아버지의 소장품을 양도받은 작품이다. 그림의 소재도 필치도 문인화로서 고품격이다. 보관 상태도 깨끗하고 크기도 적당해서 내가 소장하기로 마음먹었다. 고객이 양도하라는 것을 내 집 마루에 걸어두고 있다.

아이들 등록금 걱정을 할 때마다 매화 액자를 쳐다보며 갈등했다. 오랜 세월 마음을 달래면서 보낸 보람으로 지금은 편안하게 내 집 분위기에 멋을 실어주고 있다. 앞으로도 다른 그림과 바꿀 마음이 없다. 나는 매화단지를 그림 밑에 놓기로 했다. 추운 겨울 모진 비바람 견디어 꽃망울을 맺은 매화와 소치 선생께서 봄을 맞이하는 마음을 그린 그림 속 매화가 묘한 조화를 이룬다. 매화 가지가 발갛게 물이 올라 꽃 피울 준비를 열심히 한다.

햇빛을 못 받아서 꽃망울도 터트려 보지도 못한 채 시들어 버릴까 항아리를 창가로 당겨 주었다. 아침저녁으로 쳐다보며 화개花開를 기다린 보람이 있었다. 퇴근해서 문을 열고 들어서니 청 매화 가지에서 드디어 하얀 꽃망울이 터져 나를 반겨준다. 밤새 마루에서 세난도아의 음악을 들으며 매화만 쳐다보다 잠을 설쳤다.

화랑 출근도 미루고, 정남향 햇살 가득한 창 쪽 등나무 의자에 앉아서 연잎차 한 잔을 우려 마신다. 봄을 기다리는 조바심은 간 곳이 없고 나른한 행복에 젖어든다. 문득 한시 한 대목이 생각난다. 봄을 찾아 이 산 저 산을 헤매다 봄을 찾지 못하고 돌아오니 봄은 벌써 와 있더라는 구절이다. 내가 애타게 기다린 것은 마음의 봄일 것이다.

이 조촐한 행복을 혼자 누릴 수 없어서 지인 몇 사람을 초대했다. 이 겨울에 매화라니, 하면서 다식으로 인절미와 홍시를 가져왔다. 친구가 매화 향기를 맡겠다고 눈을 감고 코를 들이대니 콧김에 매화꽃 시든다고 다른 이가 잡아당긴다. 화로에서 찻물 끓는 소리가 정겹다. 극락이 따로 있느냐, 이 순간이 극락이지, 라는 친구의 도통한 소리에 동감을 하면서 매화의 은은한 향기와 차 맛에 취해 시간 가는줄 모르고 한나절이 훌쩍 가버렸다.

달빛 아래 피어나는 매화를 그리면서 내 안에서 피어나는 매화꽃 향기처럼 희망이 가득한 조춘을 맞이한다.

진품과 가품

늦은 여름날, 한가한 마음으로 화랑을 지키고 있을 때였다. 낯익은 중간 상인이 현초玄艸 이유태 선생의 수묵 설경 한 폭을 가지고 왔다. 수묵 설경은 선생의 주된 주제인데, 구도나 운필이 탄탄해 보였다. 때가 여름인지라 설경 한 폭이 시원하고 운치 있는 풍경으로 다가왔다. 현초 선생의 많은 작품이 필선으로 설경을 정교하게 그린 것에 비해 이 작품은 여백을 살리면서 발묵(潑墨:먹물의 번짐)을 두텁게 해서 화폭이 꽉 찬 느낌이었다. 작품에 대한 자신이 있었기에 의심 없이 가격을 흥정했다. 구매해놓고 기분이 좋았다. 유명 화가가 그린 작품이라고 모두 명작은 아니다. 그 그림은 선생의 이름에 값하는 훌륭한 작품이었다.

며칠이 지난 어느 날이었다. 작품을 판매한 상인이 화랑으

로 찾아왔다. 그 그림은 가품이니 다시 찾아가겠다며 현금을
내놓았다. 순간 진품을 가품으로 둔갑시켜 작품을 환수해가
서 다른 사람에게 더 비싼 값을 받으려고 장난을 친다는 생각
이 스쳐 지나갔다. 작품을 찬찬히 뜯어보아도 가품은 아니었
다. 틀림없는 진품이라는 확신을 가지고 내가 책임을 지겠다
며 그의 제안을 거절했다. 그 무렵에 현초 선생의 작품을 구
매하겠다는 사람이 나타났다. 직장에서 퇴직하고 수집한 골
동품으로 막 화랑을 개점한 사람이었다. 현초 선생의 명성과
작품수준을 고려해 적당한 가격을 받고 그림을 그에게 양도
했다.

외출했다가 화랑에 들어서니 일주일 전 현초 선생의 작품
을 구입해 갔던 화랑주가 와 있었다. 양도한 현초 그림이 가
품이니 그림값을 되돌려 달라며 협박에 가까운 말투로 다그
쳤다. 어이가 없었다. 두 번씩이나 가품이라며 입에 오르내리
다니 그 작품을 포기해버릴까 생각도 했다. 그의 말을 순순히
따르면 그 그림은 가품이 되고, 송아당도 가품 그림을 판매한
다는 소문이 날 것이기에 고민이 되었다. 그렇게 되면 그림을
보는 내 안목에 대하여 구매자들이 믿음을 가질 수 없을 것이
며, 앞으로 화랑 운영에 큰 문제를 안게 될 것이었기에 그대
로 물러설 수 없었다. 그 작품을 진품으로 인정받고 싶었다.

여러 화랑 사장들을 모아놓고 어째서 이 그림이 가짜로 보

이는가에 대하여 토론을 했다. 말하자면 감정평가회가 열린 셈이다. 어떤 사람은 낙관이 좀 이상하다, 묵선이 너무 짙다, 또 어떤 사람은 그림을 돌려주라고도 했다. 나는 어떤 말도 인정하기 싫었다. 혼자서 전전긍긍하다가 작가인 현초 선생을 직접 찾아가기로 작정하였다. 가품이라고 하는 사람들의 말에 승복할 수 없었다. 나의 신념과 안목을 확인하려는 마음에서 오히려 오기가 생겼다. 그림을 구매하고 판매하면서 자신감을 가지고 화랑을 경영하고 싶었다. 혹여 그림이 가품이라 할지라도 내 눈으로 확인하겠다는 절박함이 생겼다.

　서울 마포에 있는 현초 선생의 집을 찾아갔다. 그림을 보더니 선생이 이화여대 미술대학장으로 재직할 때 어떤 이에게 선물한 작품이라면서 낙관과 친필로 진품임을 확인해 주었다. 화가가 지녀야 할 작가정신이 투철한 분이었다. 한눈에 찾아볼 수 있게 작품 관리도 철저히 하고 있었다. 선생의 집을 나서는 순간 그동안 마음 고생한 피로가 싹 가시면서 환한 빛이 온몸에 스머드는 듯했다. 무너진 자존심을 회복했다는 기쁨에 환호성이라도 지르고 싶었다. 그림을 구매했던 사람이 다시 찾아왔다. 작가가 낙관과 친필로 증명한 작품을 보고 미안한 표정으로 다시 돌려줄 것을 원했다. 그러나 현초 작품을 모르고, 나를 믿지 못하는 사람에게 작품을 양도할 수는 없었다.

화랑을 경영하는 사람은 자존심과 책임감을 지녀야 한다. 그 사건으로 그림에 대한 높은 안목으로 구매자의 신임을 얻어야만 화랑을 경영할 수 있다는 각오를 새롭게 했다. 중간상인이 구매하고 싶은 작품이 있으면 여러 사람을 간헐적으로 보내서 진품을 가품이라며 말을 흘린다. 그림을 싸게 사들이는 간교한 수법이다. 화랑 주인을 농간하는 사례가 있다는 사실을 나중에 여러 풍문으로 알게 되었다. 현초 선생이 살아계셨기에 다행이었지, 만약 고인이 되셨더라면 진품이 가품으로 전락하는 불행한 사태가 일어났을지도 모른다.

　화랑에 걸린 현초 선생의 수묵 설경을 바라보면서 나의 확신과 결정에 만족하여 나 자신을 위로하였다. 가끔은 내 집에 걸어놓고 즐기고 싶은 작품이 내 곁을 떠나 다른 애호가의 집으로 옮겨갈 때도 있다. 그럴 때는 자식을 떠나보내는 것처럼 허전하다. 멀리 가면 어찌할 수 없어도 가까운 곳이면 딸네 집에 가듯이 그림을 보러 간다. 작품을 감상하며 차를 나누는 즐거움도 누린다. 구매한 사람이나 판매한 사람이나 작품을 아끼고 소중히 여기는 마음은 같으니까. 사연 많은 현초 선생의 설경 그림은 지금도 여름이 되면 시원스레 더위를 씻어주면서, 어느 애호가의 거실 벽에서 기품 있게 한 자리를 차지하고 있다.

4부

삶의 쉼터

봄비

봄이 찾아온 화단에서 꽃나무와 봄비가 소곤거린다. 자연의 소리에 귀 기울이다 보면 곧 봄이 온다는 전갈에 몸을 뒤척이게 된다. 희뿌연 아침 안개를 안고 내딛는 발길은 저절로 화랑으로 향한다. 아침마다 나를 반겨주는 건 벽에 걸린 말 없는 그림이다. 그것도 잠시다. 겨우 내내 화랑을 지키는 답답함과 시작도 끝도 보이지 않는 세월에 쫓기는 초조함은 무엇으로도 가눌 수 없다. 마음 깊은 곳에서 이는 바람을 이기지 못해 이곳저곳을 기웃거려 보지만 공허함만 남는다. 때로는 인간의 어떤 언어도 위로가 되지 못한다는 사실을 재차 확인할 따름이다. 공연히 친구를 붙잡고 애매한 트집을 부린다. 온종일 쏟아내는 많은 말이 바람처럼 지나간다. 하루를 마감하면서 내 마음의 거울을 닦고 또 닦으며 나를 비추어본다.

메말라 있던 몸과 마음을 촉촉이 적셔주는 봄비는 멀지 않은 곳에 있는 청계사로 나를 이끈다. 우산을 받쳐 들고 청계사로 향한다. 꼬불꼬불한 좁은 오솔길을 벗어나니 고요한 저수지가 발걸음을 멈추게 한다. 긴 파문을 그리며 꽥꽥거리는 한 쌍의 청둥오리라도 있다면 한 폭의 그림이 될 텐데 아쉬움이 남는다. 저수지 위에 걸린 다리는 청계사로 나를 안내한다. 다리를 건너다 뒤를 돌아보니 온갖 욕심으로 얼룩진, 그러나 때 묻은 정이 남아 있는 두고 온 세상이 보인다. 앞을 바라보니 참자아가 너울너울 춤을 추는 모습이 꿈속처럼 아른거린다. 다리 아래 푸른 물을 보다가 고개를 드니 빗줄기 사이로 산야가 눈에 들어온다.

겨우내 그렇게 기다렸다는 듯 봄비는 먼저 산수유 꽃잎을 적신다. 무거운 잿빛 하늘이 풀어놓은 안개비는 산기슭을 유연한 한 폭의 수묵화로 그려낸다. 울긋불긋한 채색화보다 수묵화는 고요하면서 담담하다. 잦은 비를 탓하는 진달래는 산등성이를 붉게 물들일 수 있을까. 지난해 여름 그렇게 울어대던 산새들은 겨우내 어디서 무엇을 했는지 수척해진 몸으로 봄비를 피해 이곳저곳으로 부산히 날아다닌다. 울음소리에도 제법 윤기가 흐른다. 봄비, 그것은 분명 새로운 생명의 에너지며 푸르른 희망의 메시지이다.

연녹색 잎과 새하얀 벚꽃이 어우러진 길을 따라 오르니 계곡의 틈 사이를 비집고 흐르는 물줄기가 나를 반긴다. 두 손으로 물을 떠서 한 모금 마신다. 자연과 일치하는 나를 순간으로 느낀다. 절 입구에는 잡스러운 속세의 마음을 벗으라는 참선도량이라는 팻말이 눈에 들어온다. 이것과 저것의 분별력을 없애고 오욕의 때를 씻으려고 정진하는 도량임을 말해준다. 법당에 들어가 향불을 피우고 108배를 하고 나니 한결 마음이 가벼워진다. 삶의 지혜를 일깨워주고 아픔을 쓸어주는 자비의 부처님은 내 마음의 심지이며 주인이다.

법당을 나서니 처마 밑에 웅크리고 있던 고양이 한 마리가 나에게 눈길을 보낸다. 머리를 쓰다듬자 눈을 스르르 감으며 반가움을 표한다. 끌어안으니 거부하지 않고 내 품속으로 파고든다. 고양이의 따뜻한 체온을 몸으로 느끼면서 동물도 인간도 생명의 하나임을 깨닫는다. 고양이도 나처럼 봄비 오는 산천을 바라보며 무척이나 외로웠던 모양이다. 외로움을 나누었던 고양이를 내려놓으려니 헤어짐이 싫은지 두 발로 내 팔을 꽉 잡고는 나를 쳐다본다. 애처로운 마음에 머뭇거리고 있을 때 스님께서 법당을 나오신다. 그제야 고양이는 내 품을 떠나 스님에게로 달려간다.

개울을 따라 올라가는 길은 지루할 틈이 없다. 그러나 올라가는 길이 잔설로 미끄러워 더 오르지 못하고 내려온다. 비에 흠뻑 젖은 청계다원에 들어선다. 주인이 눈인사로 나를 맞는다. 그녀는 잔잔한 미소를 지으면서 대추차를 내놓는다. 차를 마시는 시간은 외출했던 내가 나를 만나는 시간이다. 찻집을 나서니 하늘이 여전히 비를 머금고 있다.

 그냥 돌아오기가 서운해 꽃집을 찾았다. 꽃집 부부도 봄맞이 준비에 손길이 바쁘다. 내 집 화단의 설란은 겨울 추위 때문인지 영양부족 때문인지 시원치 않다. 시드는 생명이 안타까워 혹시나 하고 가끔 물을 주었더니 용케도 촉이 올라오고 있다. 꽃집에는 벌써 설란과 풍로가 피었다. 작고 아담한 풍로의 흰 꽃송이가 반가워 설란과 함께 여섯 포기를 샀다. 집에 있던 예쁜 화분에 옮겨 심으니 입가에 웃음이 번진다.

 내 가슴이 기쁨으로 채워지자 트집 잡고 짜증 부린 친구에게 미안한 마음이 든다. 대학병원 중환자실 병상에 누워 있는 남동생에게 가봐야겠다는 마음의 여유도 생긴다. 오래전에 교통사고로 아내를 잃고 딸아이를 혼자 키우면서 어머니를 모시고 힘들게 살아왔던 동생이다. 동생이 좋아하는 빵과 오렌지를 사들고 입원실로 들어선다. 봄기운이 병실에 가득하다. 모든 생명이 기지개를 켜는 희망의 계절에 새하얀 벽면을 마주하며 생명의 불꽃을 부여잡고 투병중인 동생은 죽음을 초월한 성자의 얼굴을 하고 있다. 모든 욕망을 초월한 표정이다. 병상 곁을 지키며 간호해주는 아내도 없이 밤낮을 혼자서 시간을 죽이고 있는 동생은 얼마나 외로울까.

다시 찾아온 봄, 봄비는 희망이며 또 아픔이다.

내리사랑

언제부터인가 새벽잠이 없어졌다. 아이들 대학 입시를 앞두고는 새벽 3시에 일어나 힘겹게 부처님께 매달리던 시절도 있었다. 이젠 마음껏 늦잠을 자도 아무런 장애가 없건만, 옆에서 누가 깨우는 것처럼 3시 30분이면 눈이 떠진다. 아침에 기상하여 거실로 나오면 맨 먼저 내 눈길이 가는 곳이 있다. 얼룩덜룩한 자국이 남은 텔레비전 화면에 오래 눈길이 머문다. 내 의식이 차츰 깨어나면서 손녀의 환한 얼굴이 화면에 가득 찬다.

그곳엔 손녀의 사랑스러운 흔적이 남아 있다. 손녀가 걸음마를 배울 무렵 뒤뚱거리며 텔레비전 화면에 손을 자주 짚었다. 손녀의 오동통한 예쁜 손자국이 손도장처럼 화면에 남아 있다. 마치 손녀를 마주 보고 체온을 느끼는 것처럼 기쁨이

온몸으로 번진다. 청소하면서도 작은 손자국은 지우고 싶지
않아 그곳만 빼고 닦는다.

아들과 며느리가 중국 북경대학에서 박사과정을 마치고 귀
국해서 기다리고 기다리다 늦게 얻은 귀한 손녀다. 인물이 빼
어난 아이는 아니었다. 그러나 나와 눈만 마주치면 입을 있는
대로 벌려 웃는 모습에 내 마음을 모두 빼앗겨버렸다. 그 사
랑스러움을 어디에다 견주랴. 딸이 태어나면 공주라고 애칭
을 불러주지만, 누굴 닮았는지 생김새가 공주와는 거리가 멀
어 보여서 다른 별명을 붙였다. 귀엽다는 의미로 손녀의 애칭
을 '몬순이' 라 불렀다. 못난 딸이라는 뜻으로 아들이 조어한
말이다.

옛 어른의 말에 의하면 귀한 자식일수록 예쁘다고 하지 말
고 밉생이라 불러야 무병장수한다고 했다. 며느리는 아들이
지은 애칭이 마음에 들지 않았는지 내게 그렇게 부르지 말라
고 넌지시 말했다. 그런데 며느리의 만류에도 몬순이가 손녀
의 애명으로 자리 잡고 말았다. 정식 이름이 아니고 별명이라
생각하니 귀여운 느낌마저 들었다. 본명은 민서旼書라 지었
다. 손녀를 향한 나의 마음이 담긴 애칭이라 그런지 본명보다
더 애착이 갔다.

나는 손녀가 셋이나 있다. 처음 외손녀를 보았을 때 그 벅
찬 기쁨은 이루 말할 수 없었다. 새 생명을 바라보면 감탄스

럽고 신기해서 가슴이 울렁거렸다. 30년 만에 또 한 세대가 이어진다고 생각하니 마음이 벅차 갓 태어난 손녀를 안고 눈물을 흘렸다. 시간이 지날수록 내 머릿속엔 온통 손녀의 모습만 환영처럼 떠올랐다. 유난히 반짝이는 눈빛을 떠올리면 저절로 입에 미소가 번졌다. 첫손녀의 탄생은 질서정연하던 내 생활에 균열을 내면서 나의 이성을 마비시켜 버렸다.

둘째 외손녀가 태어나자 처음에는 솔직히 서운했다. 사부인과 내가 손자를 보게 해달라며 딸과 사위에게 무던히도 졸라서 얻은 자식이었다. 그런데 나의 간절한 바람과는 달리 손자가 아닌 손녀가 태어났다. 서운한 마음은 잠깐이었다. 둘째라서 첫 손녀처럼 울렁거림은 없었지만, 뽀얀 살구색의 피부에다 곱슬머리인 공주스타일이라 바라볼수록 사랑스럽고 마음이 흐뭇했다.

세월이 흘러 외손녀들이 다 자라고 난 뒤 친손녀를 얻었다. 내리사랑이라고 하더니 화랑에 근무할 때도, 운전할 때도 손녀 생각에 웃음이 가시지 않는다. 손녀가 한 명씩 태어날 때마다 나는 흰머리가 늘고 주름도 늘어났다. 그런들 어쩌랴. 귀여운 손녀들이 있으니 늙음도 괜찮다. 손녀들의 존재는 내가 살아온 보람이며, 내 마음의 안식처이며, 나를 든든히 받쳐주는 반석이다.

손자와 손녀 9명을 손수 키우신 친정어머니는 그들을 인사꽃이라고 불렀다. 아무리 봐도 사랑스럽고, 늘 새롭고, 싫증 나지 않는 꽃이라 했다. 내가 젊었을 때는 그저 그런가 보다, 하며 그 말의 의미가 가슴에 와 닿지 않았다. 문득 내 어머니에 대한 감사함과 죄송함이 가슴을 타고 내렸다. 내 아이들이 어릴 때부터 화랑을 한다며 사회활동을 했으니 육아와 살림은 온전히 어머니의 몫이었다. 그래도 손자 손녀를 인꽃이라 여기며 육아로 힘들었을 텐데도 어머니는 짜증 한번 내지 않았다. 어머니가 내 아이들을 정성을 다해 거두고 길러준 덕택에 내가 손녀를 안아보게 된 것이다. 그 은혜를 어찌 다 갚을수 있으랴.

　손녀를 품에 안고 있으면 내가 어머니의 품에 안긴 듯 아늑하고 포근하다. 손녀들을 내 손으로 키우지는 못하지만, 마냥 사랑스럽고 귀엽다. 어머니도 내 아이들을 이런 마음으로 보듬고 거두었으리라. 그래서 어머니와 함께 있을 때는 내 손녀에 대한 넘치는 사랑을 다 드러내지 못하고 조금 숨긴다. 이제야 그 인꽃의 소중함을 알겠다. 그 존재에 대하여 더 비유할 말이 없지 않은가. 그 꽃들은 바라만 보는 것이 아니라 영원히 시들지 않는 꽃으로 내 품에 살고 있다.

개가죽나무

　집 가까이에 산이 있다는 것은 크나큰 복이다. 내 침실과 거실 앞 공터에는 건강하고 믿음직스러운 개가죽나무 한 그루가 서 있다. 사철 일렁이는 그 나무는 지친 내 마음과 정신을 흔들어 싱싱하고 맑게 해준다. 그래서 그 나무를 볼 때마다 고마움을 느낀다. 개가죽나무는 내가 외출하거나 현관문을 들어설 때도 가장 먼저 눈인사를 하며 나를 반긴다. 이렇듯 수년의 세월을 두고 내 삶과 함께 지내왔으니 피붙이 같은 정을 느낀다. 심각한 대기 오염으로 지구가 몸살을 앓고 있다지만, 내 집에서 손만 뻗으면 나무 잎사귀를 만질 수 있으니 나에겐 정녕 축복이 아닐 수 없다.

　아파트에 살지만 내 집 앞 작은 정원에서 나는 사계절을 맞이하고 느낀다. 마음의 여유만 있다면 산이나 들이 아니라도 자연을 품을 수 있다. 겨우내 찬바람을 맞으며 겨울을 나던 개가죽나무에도 미세한 변화가 감지되면 내 마음도 덩달아 설렌다. 봄이 되면 돋아나는 연녹색 새싹은 용기와 희망을 품게 한다. 여름날엔 푸르른 잎이 무성하여 나뭇잎 사이로 비춰드는 강렬한 햇빛이 다이아몬드처럼 반짝인다. 스산한 바람이 낙엽을 흔드는 가을이 오면 내 삶의 고뇌를 되뇌어 보게 한다. 한 그루의 개가죽나무는 각기 다른 계절의 언어로 나의 감성을 일깨운다.

잎새에 떨어지는 밤비 소리가 나를 사색의 공간으로 이끌면 다실로 간다. 사위가 어둠에 싸여 고요하니 마치 산속에 자리한 토굴에 앉은 느낌이다. 혼자 차를 다려 마시면 차의 오감이 내 몸에 스며든다. 아침에 소슬비가 멎는가 싶더니 목욕한 듯 말쑥한 까치 두 마리가 개가죽나무에 앉아 짖는다. 깃털을 깐죽거리는 자태가 사랑스럽다. 오늘 할 일을 나누는지, 사랑의 밀어를 나누는지 부리를 맞대고 비벼대기도 한다. 내 마음이 편안해지고 자연도 모두 사랑스럽게 다가온다.

개가죽나무와 마음을 주고받으며 갑자기 이름의 유래가 궁금했다. 하필 나무의 이름이 개가죽나무일까. 의문이 한번 일자 나무 이름에 대한 생각이 머리를 떠나지 않았다. 여러 사람한테 물어보고 산에 가서도 같은 나무가 있는지 찾아보았지만 알 수가 없었다. 어쩌면 개가죽나무라는 이름이 마음에 들지 않아 좀 더 멋진 이름을 지어주고 싶었는지도 모른다. 앞에 '개' 자가 붙은 풀이나 나무는 너무 흔하거나 함부로 대해도 괜찮다는 의미로 통용되기 때문이다. 하긴 나 혼자 바라보는 나무 이름이 무어 그리 중요한가.

지난 늦여름, 친구와 한티재를 한 바퀴 돌고 콩나물밥으로 저녁 식사를 마치고 돌아오는 길이었다. 아양교 입구에 있는 통천사와 동촌 강변 사이 두렁에 개가죽나무 비슷한 나무가 자라고 있었다. 반가운 마음에 금방이라도 스님에게 그 나무의 이름이 맞는지 확인해 보고 싶었다. 하지만 이듬해 봄이 지나도록 통천사를 찾아가지 못했다.

숨이 막힐 듯 무더운 여름 오후, 틈을 내어 통천사를 찾아갔다. 스님께 예를 올리고 "저 나무의 이름이 무엇입니까?" 하고 물었더니 스님은 단번에 "개가죽이지"라고 하셨다. 어이가 없었다. 그렇게 빼어버리고 싶었던 '개' 자가 기어이 앞에 붙고 말았다. 순간 내게 개가죽나무라 일러준 친구의 말을 믿지 못하고 의심했던 것이 마음의 빚으로 남게 되었다. 나는 친구가 가르쳐 준 나무 이름을 왜 믿으려 하지 않았을까. 매일같이 싱그러운 산소와 에너지를 주며 상쾌한 기분을 느끼게 하는 나무의 이름에 붙은 '개'자가 달갑지 않았던 것은 결국 내 마음 탓이다.

스님께 개가죽나무의 이름에 대하여 궁금한 몇 가지를 물어보고 통천사를 내려왔다. 지천으로 늘어선 개가죽나무를 따라 동촌유원지 강변을 걸었다. 자연을 보고 인간은 각기 다른 이름을 붙이지만, 그 대상의 뜻과 본질은 같으며 하나일 것이다. 생각이 여기까지 이르자 개가죽나무의 '개'자에 매달려 있던 의문과 집착에서 비로소 벗어날 수 있었다.

경상도와 전라도 지방에서는 참죽나무를 가죽나무라 부르는데, 표준어가 개가죽나무라고 한다. 산중에서 채식하는 스님들은 이른 봄 가죽나무에서 뾰족하게 싹이 올라오면 그 잎을 삶아서 나물과 장아찌를 만들어 여름과 겨울 찬거리로 준비한다. 그러나 이 나무는 가죽나무와 비슷하나 먹지 못하는 나무라 하여 '개'자가 붙었다고 한다.

사회적 지위나 빈부와 관계없이 사람의 심성이나 됨됨이가 중요하듯, 나 역시 자연 그대로 만족하지 못하고 이름에 연연했다. 평소 나의 가치관과 맞지 않은 잡생각에 매달려 있었던 것이다. 개가죽나무에 대한 사랑이 집착으로 변해서 시간과 에너지를 많이 소모했다는 것을 늦게나마 반성하게 되었다. 강물에 노을이 드리워지고 할아버지가 던져 놓은 낚싯대에 걸려 퍼덕이는 물고기를 바라보며 비로소 내 마음에도 평화가 찾아왔다.

어머니, 매화구경 갈까요

어머니가 이상하다. 정신을 놓아버리고는 몸도 제대로 가누지 못한다. 이 지경에 와서야 어머니의 연세를 헤아려보게 된다. 아흔이 넘었으니 육신도 정신도 낡고 닳았으리라. 새삼 어머니의 고달팠던 세월이 가늠된다. 삼남매가 있지만 아무도 어머니를 모실 형편이 되지 않아 요양원으로 모셔야 할 상황이 닥친 것이다. 아무것도 모르는 어머니는 해맑은 표정으로 웃고만 계셨다. 인지 능력이 떨어져 자신이 어디로 가야하는지도 모른다. 이런 상황을 핑계 삼아 자신을 위안해보지만, 그 웃음에 더 가슴이 미어진다.

나는 25살에 결혼하여 가정을 이루었지만 늘 친정집 근처에서 살았다. 어머니는 내 삶에서 믿음이고 의지처였다. 세상 모든 어머니가 다 그러하지만, 나의 어머니는 자식에 대한 책임감과 사랑이 유별난 사람이다. 세속적인 욕심도 버리고, 세상살이에 순리를 따르려 힘들게 묵묵히 가장의 자리를 지키셨다. 특히 성격이 긍정적인 분이셨다. 어떤 면에서는 엄격했지만, 젊어 혼자된 딸이 안쓰러워 손자 손녀를 다 거두며 딸자식의 짐을 나누어지셨다. 당사자인 나보다 그런 여식을 지켜보는 어머니의 가슴이 더 짓물렀을 것이다. 미안함과 슬픔이 뒤섞여 심장을 짓누른다.

내가 어릴 때부터 어머니는 강아지와 고양이를 늘 옆에 두고 자식처럼 거두어주면서 사랑했다. 화초 가꾸기도 좋아했다. 빠듯한 생활 속에서도 시장에 가면 찬거리 하나는 덜 사도 장미 모종을 바구니에 담아오곤 했다. 삶의 여유가 있으신 분이었다. 나도 새를 키우거나 화초를 좋아하는 걸 보면 모전여전母傳女傳이다. 내가 고서화나 골동품에 관심을 두다가 화랑을 경영하게 된 연원도 그런 유전자를 물려받은 까닭인지도 모른다. 어머니가 내 곁에 없었더라면 혼자서 그 지난한 세월을 어떻게 지내왔을까.

처음엔 밤잠도 제대로 이루지 못했다. 오로지 자식을 위해 전 생애를 바친 어머니인데, 자식들이 늙어가고 정신조차 없는 어머니를 요양원에 보내다니 자신을 용서할 수 없었다. 어머니는 이런 자식을 이해하고 용서해 주실까. 인간의 출생과 죽음은 신의 의지다. 그러나 어디서 어떻게 죽음을 맞이할 것인가의 문제는 어쩌면 인간의 영역이 아닌가. 그런데 그런 현실 앞에 마음만 간절하다. 있다는 것은 없다는 것의 전제이고, 삶은 죽음의 전제다. 그러나 죽음을 목전에 둔 어머니를 바라보면 인간의 생이 덧없다는 생각이 든다.

일주일에 한 번씩 요양원에 계시는 어머니를 방문한다. 좋아하는 음식을 준비해서 퇴근길에 들리거나 형제들과 함께 가기도 한다. 여전히 어머니는 밝은 얼굴로 자식을 맞아준다. 날이 갈수록 정신이 점점 흐려지는 어머니는 내게 삶과 죽음에 대한 화두를 던져주었다. 나도 일흔을 넘긴 나이다. 아직 화랑을 경영하면서 현직에 있지만, 언젠가는 어머니가 가는 길을 따라갈 것이다. 삶과 죽음이 그리 먼 거리가 아님을 요양원을 다녀올 때마다 느낀다. 눈앞의 삶에 집착하다 보면 인생이 영원한 줄로 착각한다. 그러다가 갑자기 죽음이 닥치면 허둥대며 어쩔 줄 모른다. 실은 산다는 것이 열심히 죽음을 향해 달려가고 있는 것인데 말이다.

어머니가 밤마다 일본 노래를 흥얼거리며 아버지를 생각하는 모양이다. "우리 영감이 부르던 노래다." 하신단다. 온전한 정신일 때 한 번도 들어보지 못한 말이다. 돌아가실 때가 되니 아버지 생각을 입 밖으로 흘리시는가 보다. 아버지는 사업 때문에 일본을 자주 다녔다. 그래서 어릴 때 우리 집에는 일본 물건이 많았다. 아버지가 일본 출장을 가고 나면 어머니보다 젊고 신식 파마머리를 한 여인이 집에 와 있었다. 우리는 어머니 친구인 줄 알고 잘 따랐다. 아버지의 소실이라는 걸 오빠와 내가 철이 들고 나서 눈치로 알아차렸다. 어머니와 그 여인이 한번도 다투는 것을 본 적이 없었다. 어머니는 그 여인을 반갑게 맞아주고, 머리를 맞대고 이야기도 나누고, 자매처럼 잘 지냈다.

어느 날 아버지가 일본 출장 중 배가 풍랑에 휩쓸려 돌아가셨다. 어머니는 남은 가족을 건사하고 아버지가 못 다한 무거운 가장의 짐을 혼자서 조용히 다 처리하였다. 평생 아버지 얘기를 입 밖에 내지 않더니 혼미한 정신으로 어찌 아버지를 찾으시는지 생각해보면 가슴이 아려온다. 말없이 지나온 세월 동안 얼마나 아버지를 그리워했을까. 이제 당신의 명이 다했다는 걸 아시는 모양이다. "내가 가거든 화장을 해서 일본으로 물길이 흐르는 곳에 뼈를 뿌려 달라."는 유언도 했다.

그렇게 싫어하는 침대에 누워서도 어머니는 불평하지 않고 음식도 주는 대로 드신다. 꽃을 좋아하는 어머니 옆에는 언제나 활짝 핀 난이 있다. 옆에 누워서 가슴을 쓸어 보면 앙상한 갈비뼈가 손에 잡힌다. 그렇게 통통하던 손목이 내 손으로 잴 정도로 야위었다. 어머니는 어린 아이처럼 작아지셨다. 햇볕이 따뜻한 날 매화 구경 갈까요, 했더니 어머니는 그냥 웃기만 한다.

문조

집안이 너무 조용하다. 예전에 키우던 강아지를 다시 키울까, 고양이를 키워볼까 궁리를 해보았다. 강아지는 매일 집에 혼자 두고 다니기가 안쓰럽고, 예방주사며 목욕도 시켜야 하니 부담스러운 생각이 들었다. 고양이도 이곳저곳 뛰어다니며 집을 어질러 놓을 것 같아 새를 키우기로 했다. 잉꼬나 카나리아를 한 쌍 키워볼까 했더니 지난해 친구가 자기 집에서 기르던 문조 한 쌍을 분양해주었다.

그날부터 동거할 가족이 생겼다. 이제부터 혼자가 아니라 셋이다. 새벽이면 식구가 늘었다는 징표로 유난스럽게 또르르 짹짹거리며 나를 깨운다. 나도 모르게 미소를 짓는다. 기분 좋게 잠에서 깨어나 나도 문조에게 아침 인사를 한다. 내 식구라는 마음에서 차오르는 정 때문일까. 자유로이 날아다니지 못하게 새장에 가두어두는 것이 안쓰럽다. 그러나 새의 운명이 그러하니 자연스럽게 받아들이기로 했다.

조류 가게에서 금빛이 나는 둥근 새장과 먹이도 샀다. 창밖의 숲과 정원의 꽃이 함께 어우러져 문조가 살아가는데 환경이 그리 나쁘지는 않다. 퇴근해서 들어오면 둥지에 들어앉았다가도 얼른 나와서 횟대 위를 깡충깡충 뛰어오르고 재재거리며 나를 반겨준다. 새하얀 털에 부리의 적홍색이 조화를 이룬다. 매일같이 목욕하고 깃털을 가다듬어 주니 하얀 털과 자태가 눈부시게 아름답다.

"집 지키고 잘 있었어?" 혹은 "목욕을 너무 유난스럽게 했구나!" 또는 "먹이는 얌전히 먹지 저렇게 어질러 놓았느냐?"라며 말을 걸어볼 상대가 있어 귀갓길이 행복하다. 처음엔 낯이 설어서인지 눈도 맞추지 않고 둥지에서 나오지도 않았다. 얼마간의 시간이 흐르자 문조도 내게 마음을 열었다. 일용할 양식을 챙겨주는 나를 살갑게 대한다. 눈도 맞추고 입을 딱딱 벌리며 무어라 한참을 조잘거린다. 모이는 잘 먹었지만 채소가 떨어져서 찬거리가 부족하다느니, 종일 저희가 집을 잘 보고 있었으니 달걀 껍데기를 빻아서 주면 좋겠다느니 할 말이 많은가보다.

문조가 있어 일찍 집에 들어오고 싶어진다. 집 안에 들어섰을 때 누군가가 나를 반겨준다고 여기니 적적하지 않다. 미물이라 하지만 마음 가지기 나름이다. 집에 쉬는 날이면 대화거리가 많다. 며칠씩 집을 비울 때가 더러 있다. 그럴 때는 먹이와 물, 채소를 넉넉히 넣어주고 간다. 그래도 날이 어두워지면 은근히 걱정된다. 유난스럽다고 할까봐 다른 이유라도 대며 하루라도 빨리 돌아오게 된다. 문조가 있고 없을 때의 차이를 확연히 느낄 수가 있다.

문조의 원산지는 중국 남부 지방과 인도라 한다. 중국으로 시집을 왔는지, 멀리 한국까지 이민을 왔는지 어쨌든 나와 인연이 닿아 우리 가족이 되었다. 여름이라 털갈이는 벌써 했고, 9월쯤이면 산란기라 하니 부지런히 먹이도 주고 사랑을 듬뿍 주어야 할 것 같다. 내가 저들을 얼마나 예뻐하는지 내 표정만 봐도 아는 듯싶다. 요즈음 문조 부부가 사랑싸움을 자주 한다. 암컷이 수컷의 사랑이 받고 싶은데 수컷이 들어주지 않으니 화가 난 모양이다. 암컷은 수컷의 부리를 물어뜯고, 깃털을 뽑으며 무섭게 화풀이를 한다. 수컷은 피하느라 곤욕을 치른다. 이런 시기가 오면 수컷은 둥지에서 잠을 자지 못하고 횃대에서 밤을 지새운다.

문조에게 빨리 알을 낳으라고 내가 채근을 한다. 그러면 암컷 문조는 하늘을 봐야 별을 딸 것이 아니냐, 라며 항변한다. 여러 날을 그러고 나면 언제 화해를 했는지 둘이서 다시 입을 맞추고 깃털을 쪼아주며 사랑을 하느라 둥지 안에서 나오지도 않는다. 인간보다 솔직하고 주위 눈치도 보지 않고 자연스레 사랑을 즐긴다.

어느 날은 매미가 문조가 있는 창틀 옆에 날아와서 맴맴 말을 걸면 문조도 화답을 한다. 방충망에 붙어서 울어재끼는 매미소리를 듣고 쳐다보면서 음률을 조율한다. 지켜볼수록 재미있다. 둘의 소리는 다르지만, 주고받는 화음이 어우러져 묘한 매력을 발산한다. 새장 밖으로 나와 나뭇가지에서 같이 놀자며 말을 거는지 문조도 가만히 귀를 기울인다. 그러다 매미가 날아가 버리면 횃대 위를 분주하게 오르내리며 재재거린다. 암수가 함께 시끄럽게 지저귄다. 문조는 정말 새장 밖으로 날아가고 싶은지도 모른다.

그러나 새장 밖의 삶이 얼마나 위험한지 문조는 알고 있는 것 같다. 우선 대기 오염과 시끄러운 소음에 정신을 못 차릴 것이다. 무엇보다 날마다 먹이 구하러 다녀야 하니 그 고행을 어떻게 감당하겠는가. 비를 피하고 새끼를 키울 집도 장만해야 한다는 것을 문조는 알고 있을 것이다. 금빛 나는 대궐 같은 집이 있고, 영양분이 가득한 먹이며, 행여 농약이 묻었을까 깨끗이 씻은 채소가 그득하고, 사방이 확 틔어 풍광이 시원한 보금자리를 어찌 떠날 수 있겠는가.

산과 나무도 가까이 있어 햇빛을 가려주는 쾌적한 환경과 주인이 베푸는 배려와 사랑은 매미가 누리지 못하는 특혜다.

매미의 팔자와 비교할 것이 못 된다는 걸 문조는 알고 있으리라. 그러나 내가 즐기려고 새장에 가둔 죄가 무겁다. 매미가 누리는 자유에는 위험이 따른다는 것을 말하고 싶다. 대신 나는 문조에게 달걀노른자를 버무려 사랑을 듬뿍 담아 넣어준다. 내가 이렇게 자상하게 보살펴 주면 문조도 감동을 하겠지. 지성이면 감천이라 하지 않는가.

삶의 쉼터

이름 모를 새 소리가 새벽잠을 깨운다. 담 너머 공터에 있는 개가죽나무를 보고 있자니 문득 이곳으로 이사를 왔을 때의 기억이 새삼스럽다. 4년 전에 20여 년 살았던 공간을 떠나 지금의 집으로 옮겨왔다. 이사 올 때 새 주인의 간곡한 부탁을 거절하지 못하고 그 동안 애지중지 돌보던 난화분 30여 개와 함께 관음죽과 군자란 그리고 여러 가지 화초를 그 집에 남겨두고 왔다. 어머니께서 소중히 여기시던 닷말들이 장독을 실수로 깨트리고 남은 뚜껑에다 옮겨 심었던 군자란은 그 동안 탈 없이 잘 자라 한 해에 한 촉씩 꽃을 틔워 그 넓은 장독 뚜껑이 미어터질 지경이었다. 어디 군자란 뿐이겠는가. 남겨두고 온 난화분 하나하나가 나름대로 사연을 갖고 있었다.

한순간 인심을 쓰듯이 주어 버렸다. 난초들과 군자란이 새

주인을 만나 잘 자랄 수 있을지, 물은 제때 맞추어 줄 수 있을지, 잎사귀를 닦아주고 관리는 잘 할 수 있을지, 걱정과 후회에 밤새워 뒤척이며 잠을 이루지 못했다. 아침 일찍 종종걸음으로 달려가 초인종을 눌렀다. 놀란 주인에게 이것저것 당부하고 마지막으로 물을 주며 작별을 고했다. "무심하다 하지 말고 매정하다 하지 말아라. 인연이 다 한 것을 어찌하겠는가! 새로운 정을 받아 우아하고 군자답게 자라야 한다."

그렇게 난초와 화분을 두고 온 것은 지금 사는 이 집에서 열 달만 살고, 분양받은 새 아파트로 다시 옮겨갈 계획이었기 때문이다. 가능한 짐을 줄여야 할 필요도 있었지만, 그보다는 그동안 꿈꾸어 왔던 무소유의 삶, 단출하고 간소한 삶을 이사를 기회로 실천에 옮겨보고 싶은 욕심에서였다. 묵은 가구와 살림살이 대부분은 버리기도 하고, 필요하다는 사람이 있으면 주었다.

가족과 함께 제주도로 여행을 갔을 때 가져온 바다에 떠 있는 작은 섬처럼 생긴 괴석에 심은 콩난은 가져왔다. 그리고 영덕군 창수면의 200년 연륜의 사돈댁 고택이 지방문화재로 지정을 받아 복원공사할 때 버려진 묵은 기와를 가져와 그 위에 풍란과 석죽을 심어놓았다. 멋스럽게 향기를 뿜어내며 자란 석곡은 매일 잔손이 간다. 가려서 물을 주어야 할 들꽃 20여 분도 가져왔다. 손때가 묻은 책과 간단한 살림살이만 챙겨서 작은 트럭 한 대 분량의 짐만을 가지고 왔다. 하지만 계획대로 이사를 하지 못하고, 이곳에 눌러앉아 올해로 벌써 네 번째 봄을 맞았다.

새 아파트로 옮겨가지 못한 것은 다시 이사하는데 따른 번거로움도 있지만, 창밖의 담 너머 공터에 있는 이런저런 나무와 풀꽃에 정이 들어서다. 내가 거처하는 침실 창 너머에는 무슨 이유에서인지 모르지만 콘크리트로 나지막하게 담장을 둘러 세상과 분리된 넓은 공터가 있다. 그렇게 비어 있는 지가 꽤 오래된 듯하다. 그곳에는 개가죽나무, 매화나무와 함께 많은 꽃나무가 심어져 있다. 개가죽나무의 살아온 세월을 가늠하기는 어렵지만, 몸통은 하늘을 향해 시원스레 솟아있고, 뻗어 나온 가지들 역시 튼실해 보인다.

매년 그 가지에서 새로 돋아난 잎사귀들이 자라서 그늘을 드리울 뿐만 아니라, 이름 모를 새들이 날아들어 색깔도 곱게 단장한 깃털을 다듬으며 노래를 부른다. 가끔은 까치가 날아와 울어재끼는 날에는 어디서 좋은 소식이 오나 싶어 덜 깬 잠에도 입가에 미소가 지어진다. 매화나무 가지에서 향기와 더불어 연분홍빛 꽃망울이 터질 때면 번다한 마음이 고요하고 온화해져 나도 모르게 다소곳이 옷깃을 여미게 된다. 매화꽃이 질 무렵이 되면 노란 개나리꽃이 줄지어 피어나 화사하게 봄을 장식한다. 좀 더 있으면 라일락꽃이 송이송이 피어나

연보라 향기를 퍼뜨린다.

봄이 지나 여름이 되면 풍성한 나뭇잎이 바람에 따라 푸르름을 찬양하며 부르는 합창을 내내 즐길 수 있다. 가을을 거쳐 겨울이 오면 비록 앙상한 나뭇가지이기는 하지만 다음 해 봄을 꿈꾸는 강인한 생명의 모습을 엿볼 수 있다. 비록 내 손길로 보살피지는 않았지만, 창밖으로 펼쳐지는 그 풍경과 풍요로움을 즐기게 되었다. 아파트 생활이 내게는 너무나 도회적이고 도식적인 삶을 강요하는 것처럼 느껴졌다. 그런 탓에 아파트 이사는 차일피일 미루어져, 오늘날까지 오게 된 것이다. 그러는 사이에 무소유의 꿈은 저만치 멀어져 가 버렸다.

창밖의 풍경을 바라보는 것에서 만족하지 못하고, 그 풍경을 나의 공간으로 끌어들이고 싶은 욕심이 살금살금 찾아들면서 살림살이가 다시 하나둘씩 늘어나기 시작한 것이다. 20여 개에 불과했던 화분들은 그동안 다시 원래의 숫자로 늘어났다. 그뿐인가. 사각돌 호박을 테라스 한편에 놓고 그 옆에는 작은 돌을 받쳐 맷돌을 함께 놓아두니 작은 숲을 이룬 창밖의 공터와 그런대로 어울려 보였다.

그 공간 속에서 차 한 잔 조용히 마시고 싶은 여유가 생겨 깊숙이 이삿짐 속에 넣어 두었던 적지 않은 다기를 다시 꺼내어 차실을 만들었다. 처음에는 비어있어 좋았던 벽면이 왠지 허전해 보여 소치 선생의 작품을 걸었다. 소나무와 매화 그림, 십장생 민화 한 폭이 어느새 벽면을 차지하고 말았다. 그 공터에서 그리고 내 집 안에서 피어나고 자라나는 화초들을 마음껏 즐길 수 있게 되었다.

부자연스러운 아름다움 보다는 있는 그대로의 생명력이 더 아름답다는 것도 알게 되었다. 아침마다 차 한 잔을 앞에 놓고 집 안팎에서 자라는 생명의 숨결과 색깔 그리고 향기에 귀 기울이곤 한다. 비록 짧은 순간이기는 하지만, 번다한 삶의 한 자락을 잠시나마 떨쳐버릴 수 있다. 이것이 내가 아직 아파트로 이사를 하지 못하는 까닭이다.

불행은 모자람에서 오는 것이 아니라 오히려 넘치는 것에 있다고 했던가. 덕과 지혜로움으로 따뜻한 심성을 가지고 하늘이 준 자연과 생명체를 보호하고 잘 가꾸어야지. 내 삶의 작은 쉼터에서 잠시 명상을 하며 생각을 가다듬는다. 모든 생명체를 소중히 여기며 늘 감사하는 마음으로 살고 싶다.

봉숭아꽃물

　기승을 부리던 삼복더위도 절기는 어찌할 수 없나 보다. 새벽녘이면 홑이불을 끌어당기게 한다. 그렇게 가까이 두었던 선풍기도 멀찌감치 떨어져서 조용히 쉬고 있다. 창밖의 개가죽나무에 달린 녹색 열매가 갈색으로 시들어가고 귀뚜라미의 울음소리와 함께 내 가슴에도 벌써 가을이 찾아들고 있다.

　해질녘에 선들바람이 불어 하늘을 쳐다보니 또 한 차례 비가 쏟아질 모양이다. 갑자기 손녀 민서가 보고 싶어 우산만 챙겨서 집을 나섰다. 나를 보더니 "할머니"라며 달려와 끌어안고 뽀뽀를 해 준다. 인형놀이와 소꿉놀이도 같이하고 놀자면서 신이 났다. 보고 싶은 마음이, 그리고 보아야 할 사람이 있다는 것은 희망이고 행복이다.

　한참 소꿉놀이에 빠져 있던 민서가 갑자기 손을 내밀면서 봉숭아 꽃물이 지워진다며 울상을 한다. 어린이집에서 손톱에 봉숭아물을 들였던 모양이다. 백반이 스며들고 손톱에 물이 배일 때까지 기다리려면 아리기도 했을 텐데 용케도 잘 참았다. 작은 손톱에 주황빛이 살짝 돌면서 빨갛게 물이 들어있었다. 예쁘고 사랑스러웠다. 저도 신기한지 손가락을 들고 펴서 들여다보고 자랑이 늘어지던 것이 벌써 두어 달이 지났으니 꽃물이 질 때도 되었다.

며느리는 학교에 출근하고 민서는 어린이집에서 선생님의 보호를 받으며 또래 친구들과 시간을 보낸다. 생각하면 안쓰럽다. 원장 선생님이 엄마 역할을 대신한다. 아이들의 아름다운 정서 생활을 위하고 창조성을 길러주기 위해 봉숭아물을 들여 주었나 보다.

화학재료로 만든 매니큐어보다 색상도 자연스럽고 꽃물이 들기를 기다리는 과정도 교육이 아니겠는가. 아이의 손톱이 길어지면 혹시나 얼굴에 상처라도 낼까봐 짧게 자를 수밖에 없었다. 봉숭아물도 같이 잘려나가 반달도 지고 초승달이 가냘프게 민서 손톱 위에 앉아 있다. 그런 민서의 손톱을 들여다보니 내 어릴 적 기억이 떠오른다.

고양이와 강아지를 동무 삼아 놀던 우리 집 마당이 펼쳐진다. 그리 넓지 않은 마당에 사람이 다닐 정도만 시멘트로 길을 내고 마당 전체가 꽃밭이었다. 잠에서 깨어나면 가장 먼저 연보라빛 옥잠화와 나팔꽃이 나를 반겼다. 아침 이슬을 머금은 꽃잎은 얼마나 청초하던지. 해가 중천에 떴을 때는 채송화가 화단 둘레를 장식한다. 장미꽃과 백일홍, 봉숭아꽃이 차례대로 피어나 우리 안마당을 화사하게 장식해 주었다.

담장을 타고 피어나는 능소화는 여름 장마에도 주홍빛 꽃은 줄기차게 피었다. 초록의 수세미 넝쿨도 날마다 뻗어나가 마당에 그늘을 드리웠다. 달이 뜨는 밤이면 수세미가 그림자가 되어 무섭기도 하고, 상상의 나라로 나를 이끌기도 했다. 가을 서리가 내릴 때까지 국화꽃이 피어나 화단에서 주인 행세를 했다. 꽃 덕분에 동네 사람들이 우리 집을 꽃집이라 불렀다.

많은 꽃 중에도 동네 사람들에게 봉숭아꽃이 가장 인기가 많았다. 꽃잎에 물이 올라 붉은색이 짙어지면 엄마는 꽃과 잎을 함께 따서 백반에 저려두었다. 밤이 되길 기다려 양손을 펼치면 손톱 위에 꽃을 얹어 나팔꽃잎으로 감아 실로 동여매었다. 별이 총총하던 날이면 우리 집 마당에 살평상을 놓고 엄마 친구와 어린 친구들이 다 모인다. 준비해 둔 쌀튀밥을 먹으며 웃음꽃이 봉숭아꽃과 함께 피던 날이다. 밤새 손톱에 꽃물이 들 때까지 모기장 속에서 잠을 청했지만, 손톱이 아려 잠을 이루지 못했다. 감아놓은 손톱에서 새어나온 꽃물이 삼베 이불에 묻어 한 송이 꽃으로 피어났다. 삼베 이불에 꽃물이 들면 엄마한테 꾸중을 듣던 그때가 지금도 아련한 추억으로 남아있다.

여름에 물들인 봉숭아꽃물이 첫눈이 내릴 때까지 남아있으면 사랑하는 연인을 만날 수 있다고 했다. 전설 같은 아름다운 이야기를 믿으며 해가 뜨면 주황색으로 변해가는 꽃물을 확인하면서 보고 또 보면서 손톱단장을 했다. 사랑이 무엇인지도 모르면서 잠 못 이루던 꿈 많던 시절의 일기장을 꺼내어 본다. 내 추억의 한 자락을 손녀 민서의 때 묻지 않은 봉숭아 꽃물에 얹어본다. 손녀에게도 소중한 추억을 만들어 주고 싶은 마음에 손가락을 걸며 약속했다. 내년 여름이 오면 이 할미가 더 예쁜 봉숭아꽃물을 들여 주겠다고. 민서는 벌써 봉숭아 꽃피는 내년 여름을 기다리고 있다.

아카시아꽃

지난봄에 산책삼아 집 건너편에 있는 형제봉에 올라갔다. 동산같이 작은 산이라 생각하고 나섰더니 도심 가운데 이런 산이 있나 싶으리만치 오르기 좋은 산이었다. 처음 올랐을 때는 정이 가지 않아 내 마음을 달래가며 올랐다. 산 능선 곳곳에 하얀 찔레꽃과 야생화가 많아 차츰 정이 들기 시작했다.

산행하는 사람들과 스치며 따뜻한 눈인사를 나누었다. 산에 오르는 마음은 비슷하게 통하는지 오랫동안 알고 지낸 것처럼 친근감이 든다. 자연 속으로 가면 누구나 경계와 긴장의 마음을 내려놓기 때문이리라. 능선을 타고 가다 보면 두어 시간 넘게 산행을 할 수 있다.

매일 산에 오르다 보니 유난히 솔밭이 우거진 곳을 알게 되었다. 그 곳에 여러 가지 운동 기구와 쉼터가 마련되어 있었다. 땀이 나고 숨도 차면 물 한 모금 마시고 솔바람 향기를 들이마신다. 누구의 눈치도 보지 않고 한참 동안 몸을 두드리다가 뜀박질도 한다.

느슨한 마음으로 내려오다 보면 아카시아 나무가 온통 산을 차지하고 있다. 아카시아 나무는 다른 식물을 해친다 하여 사람들이 좋아하는 나무가 아니다. 내가 보기에도 나무 둥치도 그러하고 잎도 그리 눈길을 끌만큼 아름답지도 않다. 그러나 5월이 되어 꽃봉오리가 맺어 터질 때가 되면 마음이 달라진다. 연미색의 아카시아꽃이 온 산을 하얗게 장식한다. 활짝 꽃잎이 벌어지면 순백의 빛깔에 은은한 향기가 매혹적이다. 어느 고요한 고을에 숨은 때 묻지 않은 순박한 여인을 떠올리게 한다.

차 문화가 발달한 요즘은 아카시아꽃 차도 만든다. 수년 전 꽃꽂이 선생인 고불화 보살님과 함양에 있는 사리암에 다녔다. 산 밑에 차를 세워 놓고 암자까지 오르려면 가파른 길이 이어진다. 오솔길을 따라 소나무 숲을 지나면 산자락에 내가 좋아하는 엉겅퀴꽃이 줄을 지어 우리를 암자까지 인도한다.

산속 깊은 곳에 조그마한 법당과 요사채가 있다. 암자 주변에는 인간의 손길이 전혀 닿지 않은 녹차밭이 있다. 암자에는 감나무와 뽕나무 은행나무도 있다. 이 모든 나무에서 잎을 모아 차를 만든다. 요사채 뒤에 쌓아놓은 장작더미와 커다란 가마솥이 차를 만드는 시설이다. 찻잎을 따서 덖고 비벼 녹차 맛을 내는 과정을 스님께서 허락해 주셨다. 몇 해를 감잎차와 뽕잎차 만드는 재미에 사리암을 자주 오르내렸다.

찻잔에서 피어오르는 매화향에 취해 있을 때 산 밑에서 스님이 아카시아 꽃 몇 가지를 들고 오셨다. 자꾸 아카시아 꽃으로 눈길을 주는 내게 차를 우려 주겠다고 하셨다. 차를 즐기는 스님은 아카시아꽃을 생차로 우려 드신다고 했다. 산사에서 찻잔을 마주하고 있으니 마음이 고요해져 이곳이 극락이라는 생각이 들었다. 깨끗하고 은은한 아카시아향이 내 몸으로 서서히 스며들었다. 귀로는 찻물 끓는 소리, 손으로 느끼는 찻잔의 감촉, 눈으로는 차의 빛깔을, 코로 향기를, 혀로는 차 맛을 맛보며 차의 오감을 느끼고 체험했다.

5월의 날씨답지 않게 우중충한 하늘이 내려앉아 마음조차 가라앉았다. 주저하다가 아카시아꽃 생각이 나서 형제봉에 올랐다. 잦은 봄비 탓인지 아카시아꽃이 다 떨어져 산길은 꽃 융단을 깔아놓은 듯한 꽃길이었다. 등산객도 드물어 나 혼자 꽃잎을 밟으며 내려오니 황홀한 기분마저 들었다. 나는 5월을 아카시아의 계절이라 부르고 싶다.

먹감나무 나비장

골동품 가게를 즐겨 찾는다. 그곳에 가면 시간의 흐름을 견디지 못하고 사라져가는 옛 것을 만날 수 있다. 현대 문명과 자본은 날마다 새로운 물건을 생산하여 시장에 내놓는다. 인간의 눈이나 감성도 그 궤도를 따라가기 마련이다. 골동품은 세상의 중심에서 밀려난 소외의 산물이다. 그래서 애틋하다. 세월의 때가 묻은 고가구와 손때가 반지르한 민예품과 청동 화로에 꽂혀있는 인두며 골무도 있다. 투박한 쌀뒤주며 나무 함지박이 외할머니의 안방과 대청마루의 살림살이를 그대로 옮겨놓은 듯하다. 눈으로 보기만 해도 편안하고 부드러운 정감이 느껴진다.

그곳에 가면 나는 아련한 향수를 느낀다. 특히 마음에 드는 고가구가 있으면 주인의 눈길도 아랑곳하지 않고 만지고 또 만지며 시간 가는 줄 모른다. 그들의 흔적을 따라가면 나도 모르게 아련한 추억에 젖게 된다. 하얀 옥양목 앞치마를 두른 외할머니가 콩국을 만들던 맷돌, 햇살 따끈한 날이면 푸새한 모시옷을 해거름에 걷어와 다림질하던 청동다리미가 나를 반긴다. 나도 모르게 눈시울이 뜨거워진다. 까맣게 잊고 살았던 먼 과거의 한 시절을 불러오건만, 시간은 손에 잡히지 않고 허공만 맴돈다.

겨울이면 할머니의 방에는 참나무 숯불을 살짝 재로 덮어놓은 청동화로가 방 한가운데 자리 잡고 있었다. 화로에는 늘 인두가 꽂혀 있었다. 옛 여인들의 안방 문화였다. 명절 때가 되면 함지박엔 흰 가래떡이 가득했다. 한가락 뚝 떼어 꿀에 찍어 먹는 그 맛을 어찌 잊으랴. 절편을 누르면 꽃무늬를 만들던 참기름에 절은 떡살도 만났다. 할머니에 대한 그리움이 가슴 깊숙한 곳에서 되살아나게 하는 물건이다. 부엌문에서 조금 떨어진 곳에 놓여있던 돌절구도 있다. 겨울이면 일 년 농사인 삶은 콩을 절구에 찧어서 메주를 만들었다. 길흉사가 있으면 찹쌀로 고두밥을 쪄서 인절미를 만들었던 호박돌도 얌전히 앉아 있다.

오래도록 마음에 두고 있던 물건은 먹감나무 나비 장롱이었다. 그 장롱을 보는 순간 전율이 일어났다. 마치 오랜 기다림 끝에 만난 듯 내 마음을 사로잡은 가구였다. 먹감나무는 나무의 결이 특히 아름답다. 눈썰미가 있고 솜씨 좋은 목수였던지 나무의 결을 그대로 살려 가구를 만들었다. 먹감나무의 결과 두툼한 백동으로 마무리한 장식과의 조화가 멋진 삼층장이었다. 문짝마다 빛을 타고 나비 몇 마리가 내려와 앉은 것처럼 백동장식이 빛났다.

무리해서 값을 치르고 집으로 가져오던 날은 가슴이 설레었다. 안방 가장 좋은 자리에다 놓았다. 방안이 환해졌다. 휑하던 공간에 정감이 흐르면서 생기가 돌았다. 나는 나비장을 콩기름으로 닦고 또 닦으면서 수많은 대화를 나누었다. 정성스런 내 손길 덕분인지 장롱은 품위가 있어 보였고 윤기가 흘렀다. 아득한 옛날, 목수가 어느 양반집 딸의 혼수품으로 정성을 다해 제작하였을 것이다. 부부의 금실을 상징한 나비 문양이 장식으로 박힌 장롱인지라 더 애착이 갔는지도 모른다.

화랑을 열게 되면서 아파트로 이사하게 되었다. 공간이 좁아지자 그 장롱을 둘 마땅한 자리가 없었다. 정이 든 나비장의 처리를 두고 며칠을 고심했다. 구석구석 내 손길로 닦고 애지중지하던 물건인데 어찌 아깝지 않았으랴. 결국, 그 나비장은 눈독을 들이던 친구의 집으로 팔려갔다. 가슴 한구석이 아려왔다. 친정 어미가 딸자식을 시집보내는 마음이 그러했을까. 그 장롱과 나의 인연은 그만큼이었다. 그동안 열심히 수집했던 민속품과 도자기는 더러 선물도 하고, 궤짝과 소품은 화랑에 내놓고 팔기도 했다. 제아무리 귀한 물건도 임자 만나기 나름이라는 것이 화랑을 하면서 터득한 이치다.

세월이 흘러도 먹감나무 나비장은 가끔 생각이 났다. 20여 년이 지난 어느 날, 친구의 초대로 나비장을 만날 기회가 왔다. 오랜만에 그 장롱을 보자 반가운 마음에 손으로 쓰다듬으면서 인사를 건넸다. 장롱은 내 집에 있을 때보다 더 반질거렸다. 주인의 사랑을 충분히 받고 있다는 것을 느낄 수 있었다. 한편으로는 내가 왜 저 나비장을 내어 주었을까, 후회가 밀려왔다. 이미 돌이킬 수 없는 상황인지라 곧 마음을 접었다.

우리 집 베란다에는 나와 함께 세월을 보낸 골동품이 몇 개 있다. 본래의 용도나 자리에서 벗어나 화분으로 수조로 장식용 가구로 남아 있다. 쓸쓸한 풍경이다. 지금은 세상 밖으로 밀려나 골동품이 되었지만, 그들도 한때는 당당히 빛나던 시절이 있었으리라. 화랑주로서 수많은 물건을 사고팔았지만, 먹감나무 나비장은 내 가슴에 오래 남아 있다.

호수공원

아들딸 두 집이 경기도 일산에 살고 있다. 내 생활에 권태가 오면 경기도 문산과 파주에 있는 조각공원 등 명소를 다녀온다. 내가 일산에 오래 머무는 이유는 그러한 명소가 아니라 사랑하는 가족과 호수공원이 있기 때문이다. 집에서 공원으로 가는 길이 가로수로 이어져 있고, 20여 분만 걸으면 호수공원이 나타난다. 매일 산책하러 나간다. 대구에서 바쁜 일상에 시달리던 나는 호수공원에 내 마음을 내려놓는다. 차츰 호수의 주변 풍광과 아름다움에 매료되었다.

일산 신도시를 조성하면서 동양 최대의 인공호수를 만들었다. 자연 생태계를 재현한 공원으로 100여 가지가 넘는 야생화와 20만 그루의 수목으로 조성하였다. 공원 한가운데는 분수가 있어 시원한 물줄기를 뿜어낸다. 호수 공원은 자연에 대한 갈증으로 목말라 하는 도시인들의 편안한 휴식처다. 젊은 부부가 머리띠를 두르고 배드민턴을 친다. 신나게 자전거 바퀴를 굴리는 젊은이의 모습이 활기차고 싱그럽다. 저들은 지금이 얼마나 좋은 시절인가를 모를 것이다. 아름답고 평화스럽다. 나도 잠시나마 그들의 힘을 얻어 생기가 돈다.

산책길은 사람의 손길이 닿지 않은 들길을 걷는 느낌이 든다. 흐드러지게 야생화가 피어 있는 꽃길을 따라 산책하다 보면 쉬어갈 수 있는 정자가 곳곳에 있어 운치를 더해준다. 정자에서 산책 나온 이들은 잠시나마 친구가 된다. 호수 공원의 아름다움과 어디에 사는 누구인지, 가족 이야기까지 이야기꽃을 피우게 된다. 처음 보는 이들도 그곳에서는 마음이 자연스레 열린다. 물이 주는 편안함과 나무와 꽃들이 어우러진 분위기가 마음을 열게 하는 것이리라.

하늘에 노을이 지는 시간이다. 호수공원의 저녁노을은 도시의 빌딩 사이를 비집고 넘어가는 노을과는 느낌이 사뭇 다르다. 울창한 숲 아래로 장미꽃 단지와 늘어진 버드나무 길을 지나 홍련과 백련밭에서 노닐던 해가 서산으로 넘어간다. 공원에 피어나는 아름다운 꽃의 색깔을 그대로 하늘에다 풀어놓은 듯하다. 공원에도 슬금슬금 어둠이 내리면 가로등이 켜지고 새와 꽃도 휴식을 한다. 사람들도 운동을 멈추고 분수대로 자연스럽게 모여든다. 물줄기와 무지갯빛을 타고 음악이 흘러나오기를 기다린다.

　음악을 타고 공중으로 물줄기가 치솟는 분수쇼는 중력을 거부하는 인간의 몸부림 같다. 영화 '바람과 함께 사라지다'의 주제곡이 흘러나온다. 꿈 많던 처녀 시절에 본 영화다. 마지막 장면에서 노을이 붉게 물든 들판에서 스카렛 오하라가 무를 뽑아들고 "내일은 내일의 해가 뜬다"라고 외치며 삶의 의지를 보여주던 다부진 모습이 떠오른다. 마지막 곡으로 최백호가 우수가 깃든 목소리로 부르는 '낭만에 대하여'란 가요가 흐른다. 나의 지난 시간이 하나둘 깨어나면서 조용하던 마음을 흔들어 놓는다. 젊은 날의 꿈과 놓쳐버린 행복과 시간들, 회한이 분수처럼 솟아오른다. 목이 메고 눈시울이 촉촉이 젖어온다.

　무더운 여름밤 푸른 숲의 싱그러운 솔향기 속에서 낭만이 흐르는 멋진 무대였다. 관중들도 서서히 자리를 뜬다. 손녀들과 집으로 돌아오는 길에 둥근 달이 솔숲 사이로 함께 따라오고 있다. 아! 오늘이 음력 6월 보름이구나.